琼 瑶

作 品 大 全 集

梅花烙

琼瑶 著

作家出版社

琼瑶，本名陈喆，作家、编剧、作词人、影视制作人。原籍湖南衡阳，1938年生于四川成都，1949年随父母由大陆赴台生活。16岁时以笔名心如发表小说《云影》，25岁时出版首部长篇小说《窗外》。多年来笔耕不辍，代表作包括《烟雨蒙蒙》《几度夕阳红》《彩云飞》《海鸥飞处》《心有千千结》《一帘幽梦》《在水一方》《我是一片云》《庭院深深》等。

多部作品先后改编成为电影及电视剧，琼瑶也因此步入影视产业。《六个梦》系列、《梅花三弄》系列、《还珠格格》系列等，影响至深，成为几代读者与观众共同的记忆。

琼瑶以流畅优美的文笔，编织了众多曲折动人的故事。其作品以对于梦的憧憬和爱的执着，与大众流行文化紧密结合，风靡半个多世纪，成为华文世界中极重要的文学经典。

我为爱而生，我为爱而写

文字里度过多少春夏秋冬

文字里留下多少青春浪漫

人世间虽然没有天长地久

故事里火花燃烧爱也依旧

		覆禄

第一章

乾隆年间，北京。对硕亲王府的大福晋雪如来说，那年的秋天，似乎来得特别早。八月初，就降了第一道霜。中秋节才过，院子里的银杏树，就下雪般地飘落下无数无数的落叶。雪如挺着即将临盆的肚子，只觉得日子是那么沉重，厚甸甸地压在肩上，压在心上，压在未出世的婴儿身上，压在自己那矛盾而痛楚的决定上，压在对孩子的期待和担忧上……这种压力，随着日子的流逝，随着临盆日子的接近，几乎要压垮了她，压碎了她。侧福晋翩翩是那年五月初八，王爷寿诞之日，被多事的程大人和吴大人，当作"寿礼"送进府里来的。随翩翩一起进府的，还有个二十四人组成的舞蹈班子。翩翩是回族人，以载歌载舞的方式出现在寿宴的舞台上，穿着薄纱轻缕，摇曳生姿。肌肤胜雪，明眸如醉。那种令人惊艳的妩媚和异域风情，几乎是在一刹那间就掳获了王爷的心。"翩翩"是王爷赐的名，当晚就收了房。三个月之间，王爷不曾再到雪如房里过夜。八月初，随着第一道霜降，翩翩传出怀孕的喜讯，九月，就封为侧福晋。

雪如知道自己的地位已岌岌可危，十八岁嫁进王府，转瞬已十年，十年间，王爷对她确实宠爱有加。尽管她连生了三个女儿，带给王爷一连三次的失望，王爷都不曾再娶妻妾。如今，她的第四个孩子即将出世，而翩翩，却抢先一步进了府，专宠专房不说，还迅速地怀了孩子……如果，自己又生一个女儿？如果，翩翩竟生了儿子？

今年的秋天，怎会这样冷？

日子的流逝，怎会这样令人"心惊胆战"？

身边的秦姥姥，是雪如的奶妈，当初一起陪嫁进了王府，对雪如而言，是仆从，也是母亲。秦姥姥，从六月起，就开始在雪如的耳边轻言细语：

"这一胎，一定要生儿子！无论怎样，都必须是儿子！你好歹，拿定主意啊！"

"生儿育女，靠天靠菩萨靠祖宗的保佑，怎能靠我'拿定主意'就成？"她烦恼地叨念着。

"哦！"秦姥姥轻呼出一口气，"把都统夫人，请来商量吧！"

都统夫人，是雪如的亲姐姐雪晴，姐妹俩只是差两岁，从小亲爱得蜜里调油。雪晴敢作敢当，有见识有主张，不像雪如那样温婉娴静，温婉得几乎有些优柔寡断。

"翩翩的事怪不得王爷，三十岁还没有儿子，当然会着急，如果我是你，早就想办法了，也不会拖到翩翩进门，封了侧福晋！又怀了身孕，直接威胁到你的身份地位！"雪晴说，眼光直勾勾地看着雪如那隆起的肚子。

"想办法？怎么想办法？每次怀孕，我又吃斋又念佛，到祖庙里早烧香晚烧香……就是生不出儿子，有什么办法呢？"

雪晴的眼光，从她的肚子上移到她的眼睛上，那两道眼光，锐利明亮，闪烁着某种令人心悸的坚决，她的语气，更是斩钉截铁，每个字都像利刃般直刺雪如的心房：

"这一胎，如果是男孩，就皆大欢喜，如果是女孩，那么，偷龙转凤，在所不惜！"雪如大惊失色。这是王室中的老故事，一直重复着的故事，自己并非没有想过，但是，"想"与"做"是两回事。"想"不犯法，"做"是死罪。何况，谁能割舍自己的亲生骨肉，再去抚养别人的孩子，一如抚养自己的孩子？行吗？不行！不行！一定不行！"不这么做，翩翩如果生了儿子，母以子贵，王爷会废掉你，扶正翩翩！想想清楚！想想坐冷宫、守活寡的滋味……想想我们的二姨，就因为没生儿子，怎样悲惨地度过一生……想想清楚！想想清楚！"她想了，足足想了三个月，从夏天想到秋天。在她的"左思右想"中，秦姥姥忙得很，雪晴也忙得很。一会儿秦姥姥出府去，一会儿雪晴又入府来。王爷忙着和翩翩日日笙歌，夜夜春宵，无暇顾及府中的一切。而日子，就这般沉甸甸地碾过去，碾过去，碾过去……

十月二日的深夜，雪如终于临盆了。

那天的产房中，只有秦姥姥、雪晴和雪晴的奶妈苏姥姥。苏姥姥是经验丰富的产婆，也是姐妹二人的心腹。孩子呱呱落地，啼声响亮，苏姥姥利落地剪断脐带，对雪如匆匆地说："恭喜福晋，是位小少爷！"

孩子被苏姥姥裹在臂弯里，往后就退。雪晴飞快地将事先准备好的男婴，往雪如眼前一送：

"快看一眼，我要抱出去报喜了！"

雪如的心，陡地往地底沉去，刚刚消失的阵痛，似乎又卷土重来，撕裂般地拉扯着雪如的五脏六腑。不！不！不！不！不！心中的呐喊，化为眼中的热泪。她奋力起身，一把拉住了正要往室外逃去的苏姥姥：

"不！把孩子给我！快把我的孩子，给我！"

"雪如，此时此刻，已不容后悔！"雪晴哑声地说，"任何人闯进门来，你我都是死罪一条！我答应你，你的女儿，苏姥姥会抱入我的府中去，我待她将一如亲生！你随时还可来我家探望她。这样，你并没有失去女儿，你不过是多了一个儿子！现在，事不宜迟，我要抱着小公子去见王爷了！不一会儿，所有的人都将集中在前厅，苏姥姥，你就趁乱打西边的后门溜出去！懂了吗？"

苏姥姥点着头，雪晴抱着男婴快步出门去。

无法后悔了！再也无法后悔了！雪如死命抢过自己的女儿来，那小小的，软软的，柔柔的，弱弱的小生命啊！她紧拥着那女婴，急促地，哑声地喊着：

"秦姥姥，梅花簪！梅花簪！"

秦姥姥飞奔至火盆前，拿夹子将炭火拨开，用手绢裹住簪柄，取出已在火中烤了多时的一支梅花簪来。簪子是特制的，小小的一朵金属梅花，下面缀着绿玉，缀着珠串，又缀着银流苏。"你们要做什么？"苏姥姥慌张地问。

"我要给她烙个记号免得你们再李代桃僵！"雪如紧张地说着，落着泪，把孩子面朝下放在膝上，用左手托着孩子的头，右手握住那烧红了的梅花簪，咬紧牙关，等待着。

"恭喜王爷！喜得麟儿呀！"

前厅传来纷杂的道贺声，人来人往声，脚步奔跑声……接着，鞭炮齐鸣！一丛丛烟火，"呼、呼"地冲上天去，乒乒乓乓地爆响开来。五光十色的烟花，满天飞舞，把窗纸都染白了。雪如手中的梅花簪，立即烙上了婴儿的右肩。

婴儿雪嫩的肌肤上，一阵白烟冒起，嗤嗤作声。婴儿"哇"地大哭起来，哭声淹没在此起彼落的鞭炮声里。雪如抖着手摔掉了那梅花簪，看了看那红肿的梅花烙痕，心中一阵绞痛，不禁泪如雨下，她一把搂住了孩子，痛喊着说：

"我苦命的女儿呀！这朵梅花，烙在你肩上，也烙在娘心上！今天这番生离，决非死别！娘会天天烧香拜佛，向上天祈求，希望终有那么一天，你能够回到娘的身边来！"她搂着孩子，吻着孩子，"再续母女情，但凭梅花烙！"

苏姥姥见时候不早，冲上前去，从雪如怀里，死命地抢去了婴儿："福晋呀，为大局着想吧！孩子我抱走了！"

苏姥姥抱着婴儿，用一大堆脏衣服脏被单掩盖着，迅速地冲出门去了。雪如哭倒在秦姥姥怀里。

对雪如来说，那个晚上，她有一部分的生命，就跟这个"梅花烙"出了王府，徘徊在雪晴的都统府里去了。虽然，她换来的那个儿子珠圆玉润，长得十分可爱，但是，她却怎样也忘不掉出生就离别的那个女儿，和那个"梅花烙"。

新生的儿子，王爷为他取名皓祯，喜欢得不得了。满月时大宴宾客，连皇上都送了厚礼来。皓祯有挺直的鼻梁，和一对灵活的大眼睛，王爷口口声声，说孩子有他的"遗传"，浓眉大眼，又有饱满的天庭，一定会后福无穷。雪如听在耳里，看在眼里，惊在心里，痛在心里。是的，这是一件不容后悔的事情，是一件永远的秘密。第二年春天，翩翩果然一举得男，取名皓祥。王爷连续获得两个儿子，乐得眉开眼笑。那些日子，连家丁仆从，都能感染到王爷的快乐与幸福。

"瞧，好危险呢！"秦姥姥在雪如耳边说，"总算咱们抢先了一步！""可是，可是……"雪如攥着秦姥姥的手，可怜兮兮地追问着，"你有没有去都统府？你瞧见她没有？长得可好？怎么姐姐老避着我？现在，已事隔半年，没有一丁点儿风吹草动，我可不可以去姐姐家，瞧瞧那孩子……"

"嘘！"秦姥姥制止着，"别孩子长孩子短的，当心隔墙有耳，一个字都别提！""可是，可是……""别再说'可是'了，我给你看看去！"

秦姥姥去了又回，回来又去，来来回回跑着，总说孩子不错，长得像娘，小美人坯子……说完就转身，悄悄掉着眼泪。瞒了足足大半年，雪晴才在一次去碧云寺上香的机会里，和雪如单独相处。"不能再瞒你了！"雪晴含泪说，"那个孩子，苏姥姥抱出去以后，我们就把她放在一个木盆里，让她随着杏花溪的流水，漂走了。我们再也没有去追寻她的下落，是生是死，都看她的命了！""什么？"雪如眼前一阵发黑，只觉得天旋地转。这几句话，像是一个焦雷，对她劈头打了下来，震得她心魂俱碎，"怎么会这样？你对我发过誓，你会爱她，待她一如己出，绝不叫她受委屈，我相信你，才把孩子交给你……你怎么能做这样的事？你怎么狠得下心？怎么下得了手？"她抓住雪晴，不相信地摇撼着她，声嘶力竭地喊着哭着。"我不相信，你骗我，骗我！""我没有骗你！"雪晴也落泪了，"我是想得深，想得远，孩子抱走前，你还给她烙上烙印，这样难以割舍，留下是永久的心腹之患！万一你将来情难自禁，真情流露，而闹到东窗事发，王爷、你、我，都会倒霉的！你也知道，咱们大清就是注重王室血统，我们这是欺君罔上、满门抄斩的死罪呀！你想想看，想想清楚，那孩子，我怎么敢留下来？你要怪也罢，你要恨也罢，我实在是为你着想，无可奈何呀！"

雪如瞪着雪晴，睁圆了双眼，泪雾迷蒙中，什么都看不清楚。而在满心满怀的痛楚里，了解到一个事实，她那苦命的女儿，就在那出生的一天，已注定和她是"生离"，也是"死别"了。她这一生，再也无缘，和那孩子相聚相亲了。她咬着嘴唇，吸着气，冷汗从头上涔涔滚下。孩子，她那连名字都没有的孩子，就这样永远永远地失去了！她是多么狠心的娘呀！蓦然间，那椎心之痛，使她再也承受不住，她扑进雪晴怀里，失声痛哭。"哭吧！哭吧！"雪晴紧拥着她，也泪落不止，"痛痛快快地哭完一场，回府里去，什么痕迹都不能露出来！从今而后，就当那女儿从来不曾存在，你有的，就是皓祯那个儿子！"

是的，回到府里，什么痕迹都不能露出来！她有的，就是皓祯那个儿子！就是皓祯那个儿子！一时间，四面八方，都对她涌来这句话的回音：就是皓祯那个儿子！

第二章

皓祯十二岁那年，初次跟着王爷去围场狩猎。

十二岁的皓祯，已经是个身材颀长，丰目俊朗的美少年了。自幼，诗书和骑射的教育是并进的。皓祯天赋聪明，记忆力强，又能举一反三，深得王爷的宠爱。相形之下，仅小半岁的皓祥就显得迟钝多了。皓祯不仅书念得好，他的射箭、骑马、练功夫、拳脚等武术训练，也丝毫不差。他的武术师父名叫阿克丹，是个大高个子，力大无穷，看起来凶凶的，不爱说话，那张粗粗黑黑的脸孔上，又是大胡子，又是浓眉毛，眼睛一瞪，就像两个铜铃。这粗线条的阿克丹，却是王府里的武功高手。他是个直肠子的人，自从王爷把他分配给了皓祯，他的一颗心，就热腾腾地扑向皓祯了。看到年纪小小的皓祯，俊眉朗目，身手矫捷，而又能出口成章，他就打心眼里

"敬爱"他，几乎是"崇拜"着他的。

皓祯的初次狩猎，是他生命中一件很重要的事。

那天，王爷带着他和皓祥，以及两百多个骑射手，做一次小规模的狩猎。主要的目的，就是要两个儿子实习一下狩猎的紧张气氛，和狩猎收获时的刺激与喜悦。那天的围场有雾，视线不是很清楚。马队奔跑了半天，并没有发现什么特殊的猎物。因而，他们穿过树林，到了林外那空漠的大荒原上。

就是在这荒原中，皓祯一眼看到了那只白狐。

白狐显然是被马蹄声惊动而落了单，它蛰伏在草丛里，用一对乌溜滚圆的黑眼珠，受惊吓地、恐惧而害怕地瞪着皓祯，浑身的白毛都竖了起来，一副"备战"的样子。

"嗨!"皓祯兴奋地大叫出声，"有只狐狸! 有只白狐狸!"

白狐被这样一叫，撒开四蹄，就对那辽阔无边的莽莽草原狂奔而去。王爷兴奋地一挥马鞭，大声喊:

"给我追呀! 别让它跑掉了!"

马蹄杂沓，烟尘滚滚。两百匹马穷追着一只小小的白狐狸。皓祯一马当先，王爷有意要让皓祯露一手，暗示大家不要射箭。皓祯追着追着，白狐跑着跑着……一度，皓祯已搭上了箭，张弓欲射，但那白狐一回头，眼睛里闪烁着哀怜。皓祯顿感浑身一凛，有什么柔软的感觉直刺内心深处，不忍之心，竟油然而生。他放下弓箭来，身边的阿克丹已按捺不住，吼着说："让我来！"皓祯急忙回头，想也没想，就大声嚷着：

"咱们捉活的，咱们捉活的！别杀了它！"

"好好好！"王爷声如洪钟，一迭连声地嚷着，"你们捉活的！谁也别伤它！""贝勒爷！"阿克丹对皓祯说，（皓祯是"硕亲王府"的长子，荫封"贝勒"。"贝勒"是爵位的名称。）"既然捉活的，请用猎网！"阿克丹扔过来一卷网罟，网罟上有着梭子形的铅锤，对腕力是一种很大的考验。皓祯接过猎网，再度对白狐奔去。王爷带着大队人马，从四面八方包抄过来，阻断了白狐的去路。那白狐已无路可走，气喘吁吁，筋疲力尽了。它四面察看，眼神惊惶。皓祯再度接近了白狐，手中铅锤重重掷出，一张网顿时张开，将那只白狐网了一个正着。

众骑士欢声雷动。"捉到了！捉到了！贝勒爷好身手！好本事！好功夫！捉到了！"阿克丹一跃下地，走到白狐身边，将整只狐狸，用网网着，拎了起来。"好！"阿克丹吼着，"这只白毛畜牲，是大少爷的了！"

王爷骑着马走过来，笑吟吟地看着那只白狐。

"嗯，不错！不错！这样一身白毛的狐狸并不多见，"王爷眯着眼说，"这身皮毛，用来做衣裳做帽子，一定出色极了！""哥哥！"皓祥跟在后面直嚷嚷，"我要一顶帽子！给我给我，我来做顶白毛帽子！"

"这是你哥的猎物，"王爷对皓祥说，"预备怎么办，全由他做主！"皓祯心头一动，再定睛去看那白狐。奇怪，这只狐狸似乎颇通人性，已经了解自己的命运是在皓祯手中，它一对晶晶亮亮的眼睛，就是瞅着皓祯，转也不转。那眼里，似乎盛载着千言万语：几百种祈怜，几百种哀恳。皓祯深深吸了口气，觉得胸口热热的，胀胀的。那柔软的感觉，裹住了他的心。"阿玛！"他回头问父亲，"真的全由我做主？"

　　"当然！""那么……"皓祯肯定地说，"我要放了它！"

　　"放了它？"王爷大惑不解，"这是你的猎获物呀，怎么要放了它呢？""这是一只母狐，孤单单的，猎去没什么大用。阿玛以前教训过'留母增繁，保护兽源'，说是祖先留下来的规矩！所以，儿子不敢乱了规矩，决定放它回归山林！"

　　王爷愕然片刻，接着，骄傲和赞许，就充溢在他的胸怀里，他热烈地看了皓祯一眼，就大声说道：

　　"哈！哈！哈！哈！好极了！好极了！"手一挥，"阿克丹，就照皓祯的意思，放了吧！"

　　"是！"阿克丹应着，从猎网中拎出白狐。想想不甘心，抓着狐狸大大的尾巴，他拔出腰间匕首，割下一丛狐毛，对皓祯说："祖先也有规矩，初猎不能空手！"然后，他把狐狸往草地上一放。白狐在草地上打了个滚，立即一跃而起，浑身一抖，像一阵旋风般地飞奔而去。

皓祯目送着那只白狐远去，唇边不自禁地露出微笑。白狐跑着跑着，居然站住了，慢慢回首，对皓祯凝视了片刻，再掉头奔去。奔了几步，它再度站住，再度回首凝望。皓祯、王爷、阿克丹和众骑士都看傻了。狐狸是通人性的呢！大家几乎有种敬畏的感觉。那白狐一共回首三次，终于消失在广漠的荒原里了。皓祯这次的初猎，就像传奇故事般在京里流传开来。"捉白狐，放白狐"的事，连宫中都盛传着，皇帝还特别召见了皓祯，赏赐了折扇一把。皓祯的英勇，皓祯的仁慈，皓祯的智慧……在十二岁时，就已出名了。

对这样一个儿子，实在是没有办法挑剔了。雪如早已认了命，将自己那份失落的母爱，牢牢地系在皓祯身上了。见皓祯如此"露脸"地初猎归来，她用那丛白狐狸毛，细心地制成一条穗子，缀在皓祯的随身玉佩上。

皓祯一直戴着这个玉佩，从不离身。这玉佩是家传的宝物，上面有着父亲的"恩宠"，母亲的"爱心"，还有"白狐"留下的纪念品。

第三章

皓祯二十岁那年，第一次见到了白吟霜。

皓祯身边有一文一武两个亲信，武的是阿克丹，文的是小寇子。这小寇子才十八九岁，是从小就净了身的，换言之，是个小太监。七岁时就跟着皓祯，陪他读书，伴他游戏。小寇子聪明伶俐，善解人意，唯一的缺点是爱耍贫嘴，有时，也会因皓祯的宠信而有恃无恐。但，对于皓祯，他和阿克丹一样，都是全心全意，忠心耿耿地爱戴着。

那天，皓祯带着小寇子，换了一身普通的衣服，出了府，要去"透透气"。是的，"透透气"！二十年来，在王府中学规矩，学武功，学诗书，学字画，学应对，学琴棋……就不知道怎么有那么多学不完的东西，学来学去，几乎要把人学成了书呆子。于是，每当实在学得厌烦的时候，皓祯就会摘掉宝石顶戴，打扮成平常贵公子的模样，带着小寇子出去逛逛街。去天桥看看把式，去茶馆喝杯茶，偶尔，也去戏园子听听戏。皓祯把自己这种行动，统称为"透透气"。

那天，他"透气"透到了天桥的龙源楼。

龙源楼是家规模挺大的酒楼，平常，是富商巨贾请客宴会之处，出入的人还非常整齐，不像一般小酒楼那样混杂。所以，皓祯偶尔会来坐坐，喝点儿酒，吃点儿小菜，看看楼下街道上形形色色的人群。这天，他才走进酒楼，就觉得眼前一亮，耳中听到一片丝竹之声，叮叮咚咚，十分悦耳。他不禁眨了眨眼，定睛看去。于是，他看到一个年若十七八岁的姑娘，盈盈然地端坐在大厅中，怀抱一把琵琶，正在调弦试音。在姑娘身边，是个拉胡琴的老者。那姑娘试完了音，抬起头来，扫视众人，对大家微微一欠身，用清清脆脆的嗓音说："我是白吟霜，这是家父白胜龄，我们父女，为各位贵宾，侍候一段，唱得不好，请多多包涵！"

皓祯无法移动身子，他的眼光，情不自禁地就锁在这位白吟霜脸上了。乌黑的头发，绾了个公主髻，髻上簪着一支珠花的簪子，上面垂着流苏，她说话时，流苏就摇摇曳曳的。她有白白净净的脸庞，柔柔细细的肌肤。双眉修长如画，双眸闪烁如星。小小的鼻梁下有张小小的嘴，嘴唇薄薄的，嘴角微向上弯，带着点儿哀愁的笑意。整个面庞细致清丽，如此脱俗，简直不带一丝一毫人间烟火味。她穿着件白底绣花的衫子，白色百褶裙。坐在那儿，端庄高贵，文静优雅。那么纯纯的，嫩嫩的，像一朵含苞的出水芙蓉，纤尘不染。

好一个白吟霜！皓祯心里喝着彩。站在楼梯的栏杆旁，仔细打量，越看越加眩惑：怎么，这姑娘好生面熟，难道是前生见过？吟霜似乎感觉到皓祯在目不转睛地看她，悄悄抬起睫毛，她对皓祯这儿迅速地看了一眼。皓祯的心猛地一跳，如此乌黑晶亮的眸子，闪烁着如此清幽的芬芳，怎么，一定是前生见过！一阵胡琴前奏过后，吟霜开始唱了起来：

> 月儿昏昏，水儿盈盈，
>
> 心儿不定，灯儿半明，
>
> 风儿不稳，梦儿不宁，
>
> 三更残鼓，一个愁人！
>
> 花儿憔悴，魂儿如醉，
>
> 酒到眼底，化为珠泪，
>
> 不见春至，却见春回，
>
> 非干病酒，瘦了腰围！
>
> 归人何处，年华虚度，
>
> 高楼望断，远山远树！
>
> 不见归人，只见归路，

秋水长天，落霞孤鹜！

关山万里，无由飞渡，

春去冬来，千山落木，

寄语多情，莫成辜负，

愿化杨花，随郎黏住！

吟霜的歌声清脆，咬字清晰，一串串歌词，从喉中源源涌出，像溪流缓缓流过山石，潺潺的，轻柔的。也像细雨轻敲在屋瓦上，叮叮咚咚，是首优美的小诗。至于那歌词，有些儿幽怨，有些儿缠绵……像春蚕吐出的丝，一缕缕，一丝丝，会将人的心，紧紧缠住。

皓祯从没有这样的感觉，府中多是丫环女侍，还有舞蹈班子，从没有一个姑娘，曾让皓祯动过心。而现在，仅仅是听了一首小曲子，怎么自己竟如此魂不守舍？他来不及分析自己，只见吟霜在一片喝彩声中盈盈起立，手拿一个托盘，在席间讨赏。客人们并不踊跃，盘中陆陆续续，落进一些铜板。吟霜走到楼梯角，经过皓祯身边，皓祯想也没想，就放进去一锭五两的银子。吟霜蓦地一惊，慌忙抬头，和皓祯四目相接了。小寇子赶紧过来，对吟霜示意：

"还不赶快谢过我家少爷！"

被小寇子这样一嚷，皓祯忽然觉得，自己那锭银子给得鲁莽。仿佛对吟霜是一种亵渎，一种侮辱。生怕对方把自己看成有钱人家的纨绔子弟。心中一急，额上竟冒出汗来，他急忙对吟霜一弯腰，有些手足失措地说：

"对不起，此曲只应天上有，我能听到，太意外了！我不知道有没有更好的方式，来表达这首曲子带给我的感觉……希望你……希望你……"他竟舌头打结起来，"希望你不认为这是亵渎……"吟霜定定看了皓祯两秒钟，眼里有了解，有感激，有沧桑，有无奈，有温柔。她低低说了句：

"我白吟霜自幼和父亲卖曲为生，碰到知音，唯有感激。谢谢公子！"皓祯正要再说什么，忽然，一个熟悉的声音，鲁莽地、嚣张地一路嚷过来："那个漂亮的、唱曲子的小姑娘在哪儿？"说着，那人已大踏步跨过来，一见到吟霜，就眉开眼笑，立即伸手去拉吟霜的衣袖："来来来，给我到座里去唱他两句！"

皓祯眉头一皱怒气往脑袋里直冲。心想真是冤家路窄！原来，这人也是个小王爷，荫封"贝子"，名叫多隆，和皓祯在许多王室的聚会里都见过面。同时，这多隆还是皓祥的酒肉朋友。皓祯和多隆是道不同不相为谋，彼此看彼此都不顺眼。现在，眼见多隆对吟霜动手动脚，他就按捺不住。吟霜已闪向一边，同时，白胜龄拦了过来：

"这位大爷，您要听曲子，我们就在这儿侍候！"

"什么话！"多隆掀眉瞪眼的，"到楼上去唱！来，来，来!"他又伸手去拉吟霜的衣袖。

"去啊!快去啊!"多隆的随从大声嚷着,"你可别有眼不识泰山,这是多隆贝子,是个小王爷呀!"

白胜龄再一拦:"尊驾请自上楼,要听什么,尽管吩咐,咱们就在这儿唱!"

多隆伸手,对白胜龄一掌推去,就把那老人给摔出去了。吟霜大惊失色,扑过去喊着:

"爹!爹!你怎样?"皓祯忍无可忍,早忘了出门"透气"必须掩饰行藏,否则给王爷知道了,必定遭殃。他冲上前去,一把就扣住了多隆的手腕,厉声说:"贵为王公子弟,怎可欺压良民?你太过分了!"

多隆抬起头来,一看是皓祯,就跺着脚叫了起来:"什么过分不过分,你在这儿做什么?原来你也看上了这唱曲的小姑娘,是不是呀?没关系!叫上楼去,咱们两个,一人分她一半……"皓祯一拳就挥了上去,正中多隆的下巴,势道之猛,使多隆整个人都飞了出去,带翻了好几张桌子,一时间,杯盘碗碟,稀里哗啦地碎了一地。多隆的随从惊呼起来,拥上前来要帮忙,皓祯拳打脚踢,把阿克丹教的功夫,尽情挥洒,打了个落花流水。店小二、店掌柜全跑上来,又作揖,又哈腰,叫苦连天:"别打!别打!大爷们行行好,别砸了我的店呀!"

多隆从地上爬了起来,哼哼唧唧的,嘴角肿了一大片。对皓祯远远地挥拳作势,嚷着说:

"你给我记牢了，此仇不报非君子！总有一天，我要你栽在我手里！"一边嚷着，他竟然一边就逃之夭夭了。他的随从也跟着跑了个无影无踪。皓祯整整衣服，小寇子愁眉苦脸地站在面前。

"这下可好了！"小寇子嚷着，"你出来透气，透了个这么大的气，万一传到府里，你是公子爷，没关系，我可只有一个脑袋呀！""好了，别嚷了！"皓祯推开了小寇子，"天塌下来，还有我顶着呢！"他对吟霜看过去。

吟霜扶着父亲，颤巍巍地走了过来，微微屈膝，行了一个礼："谢谢公子！"

皓祯还想说什么，小寇子又拉又扯又跺脚。

"我的少爷，天色不早了，回府去吧！"

皓祯从口袋中，又掏出一锭银子，给了掌柜。

"打坏许多东西，对不起。"

"哎呀！"掌柜喜出望外，"谢谢大爷！您可真是大人大量，好身手，好功夫，又好气量……"

"成了！"小寇子拍了拍掌柜的肩，"少说两句，待人家父女俩好一点儿，可别为难人家！再遇到这种事儿，要出面保护人家才是！"机灵的小寇子，把皓祯要说的话都给说了。

"是！是！是！"掌柜一迭连声地应着。

小寇子抬首看皓祯："行了吧？这总可以回去了吧！"

皓祯再看了吟霜一眼。此时，吟霜已低眉敛目，把头垂得低低的，不肯抬起头来。他只看到秀发中分的发线，和那轻轻摇晃的耳坠子。"后会有期!"他再说了句，就出门而去了。

第四章

皓祯就这样爱上了龙源楼。

一连好些日子，他都在龙源楼度过了他的黄昏。不去坐在楼上的雅座里，却去坐在大厅的一角里。静静地喝着酒，听着吟霜婉转动人的歌声。他从不敢要吟霜到桌前来喝一杯，生怕任何邀约都成了冒犯。从小，严肃的家教，让他深深了解，歌台舞榭，皆非自己逗留之地。所以，他悄悄而来，悄悄而去。不对吟霜说什么，更不曾做什么，只是听她唱歌，默默地保护着她。阿克丹和小寇子，总是随行在侧，阿克丹自从知道皓祯在龙源楼打架的事以后，就对皓祯亦步亦趋。对小寇子，阿克丹私下里是骂了千百回：

"你带着贝勒爷，去喝酒闹事，还因为唱曲的姑娘大打出手，又和那多隆贝子结仇……你是活得不耐烦了，是不是？也不伸手摸一摸，自己脖子上，有几个脑袋瓜子？那多隆劣迹昭彰，有仇必报，万一哪天给他逮着机会，报这一箭之仇……咱们贝勒爷吃了亏怎么办？"

"所以啊，所以，"小寇子笑嘻嘻的，"只好请出师父你老人家来啦！你可别让贝勒爷吃亏啊！你也知道，我只会耍嘴皮子，可不能动拳脚啊！""你会耍嘴皮了，你会说！"阿克丹眼睛一瞪，"就劝贝勒爷再也别去龙源楼！""这话——我不说，我不说！"小寇子忙不迭地后退，"要说，你去说！"阿克丹是要去说，但，他直眉竖目的，才起一个头，皓祯就用一种前所未有的温柔，把他的话给岔开了：

"唉！人各有命！有的人生下来就是荣华富贵，有的人却要流浪江湖……咱们这些有福的人，要常常去照顾那些不幸的人才好！"

没办法。阿克丹虽然口拙，脑袋不笨。跟了皓祯好些日子，看皓祯对吟霜脉脉含情的那副神态，不禁心中十分着急，却想不出法子来。暗地里，他观察着吟霜。奇怪，这女子从不曾上前来勾搭皓祯，只是，每次都会对皓祯投来深深的一个注视，就自顾自唱着她的歌。她和皓祯，好像一个是纯来唱歌的，一个是纯来听歌的，如此而已。

没办法。阿克丹双手抱在胸前，像个铁塔似的站在皓祯身后。皓祯那么爱听歌，他就只好来站岗。

接着，府里发生了一件大事，这事震动了整个王府，使王爷、福晋、皓祯、皓祥……全忙得晕头转向，也使王爷快乐到了极点。原来，皇上降旨，皓祯被皇上看中了，御笔朱批，指婚给了兰公主，成为未来的驸马爷。

兰公主闺名兰馨，并非皇上亲生，原是齐王府的格格，自幼父母双亡，被皇后带在身边，收为义女。皇帝已经年迈，兰馨承欢膝下，深得皇帝老儿的欢心。因而，宫里也就"兰公主，兰公主"地叫着。当兰公主逐渐长成，所有亲王大臣，都知道兰公主的"额驸"，是当今最好的美缺。暗地里，大家对这位子竞争激烈，也因此，许多适婚的王公子弟，都不曾定亲。而现在，这档喜事，竟从天而降，难怪王爷会笑得合不拢嘴。"前些日子，皇上分批召见亲王子弟，我就觉得是别有用心，又对我重提当年'捉白狐，放白狐'的故事，那时，我就已有预感，果然！这件天大的喜事，是落在咱们皓祯身上了。"王爷说着，竟忘形地把雪如的手紧紧一握，"谢谢你，谢谢你给了我这么好一个儿子！"

雪如的心，怦然一跳，胸口紧紧的，眼中热热的，说不出是喜是悲。皓祯在全家的震动中，是最冷静的一个。他没有欢喜，也没有激动。指婚，兰公主，皇上，额驸……这些名词离他都很遥远。从小，他就知道，自己的婚姻是父母的大事，不是自己的大事。所有王室子弟，都要有门当户对的婚姻，大清国注重血统，嫡出庶出，都有很大差别。他无权对自己的婚姻表示任何意见。也不知道那兰公主是美是丑。但，他就是无法兴奋起来、快乐起来，当阖府里又办宴会又放鞭炮，乱成一团时，他却有"冠盖满京华，斯人独憔悴"的感觉，简直有些儿"失落"！随着这件喜事的认定，就有一连串忙碌的日子。进宫、谢恩、拜会、宴亲友……皓祯一时之间，成了京里炙手可热的人物。他像一个傀儡，忙出忙进，忙里忙外，他有好一阵子，都没有再去龙源楼。

当他终于能抽出身子，再访龙源楼时，已是一个月以后的事了。站在那大厅里，他惊愕地发现，吟霜和她的父亲，都不见了！"哎哟，这位公子！"掌柜的鞠躬如也，跌脚叹息，"您怎么这么久都没来？那位吟霜姑娘，真是可怜……"

"怎么回事？人呢？"皓祯急急追问，"发生什么事了？不是吩咐了你，要你好好照顾人家吗？"

"没办法呀！"掌柜的直叹气，"我可斗不过那位多隆贝子呀！""多隆贝子！"阿克丹一声巨吼，"他把人给抢去了吗？"

"不是！不是！"掌柜的摇着手，对这个阿克丹实在有些畏惧，"人倒没抢去，人命倒是逼出来了！"

"什么？"皓祯脚下一个踉跄，差点站不稳，"你说什么？什么人命？""你给我快快说呀！"小寇子往前一冲，抓住了掌柜胸前的衣服，"少给我卖关子了！到底是怎么回事？"

"是是是！我说，我说！"掌柜的挣扎着，吓得语无伦次，"大概七八天以前，那多隆贝子又带了一票人来，进门就嚷嚷着说，这站岗的、护花的都走了，白姑娘轮到他了。一边说一边就动手，叫手下的人去抢人，当时，白姑娘抵死不从，又哭又叫。白老爹看女儿要给人抢去，就奋不顾身，扑上去阻拦，对那多隆贝子，又骂又踢，只想抢出白姑娘。可怜的白老爹，已经快七十的人了，怎是多隆贝子的对手，当时，就被多隆狠揍了一顿，又把白老爹一脚从楼上踹到楼下，当场，白老爹就口吐鲜血，不省人事了。这多隆见闯下人命，才带着人逃走了。但是，白老爹就没挨过那个晚上，虽然咱们也请了大夫，白老爹还是咽了气……"

皓祯听得傻住了，呆住了，在满怀的悲愤中，连话都说不出来了。"然后呢？"小寇子大声问，"白老爹死了，那白姑娘呢？你给人家落葬了吗？办了丧呈吗？报了丧事吗？报官了吗？"

"大爷！各位大爷！"掌柜的哭丧着脸，"你想，咱们是开酒楼啊，要以和为贵啊！这王孙公子，咱们得罪不起啊！再说，有人死在店里，实在是晦气啊！本来，请唱曲的姑娘，就图个热闹，早知会出人命，我有十个胆子，也不会留那白姑娘的……""你废话少说！"阿克丹一声怒喝，把那掌柜的整个人都拎起来了，"白姑娘现在人在哪里？白老爹葬了还是没有？快说！""我说我说……"掌柜的拼命作揖打躬，"我实在没办法，就把那白老爹就用一扇门板，给抬到郊外的法华寺去暂厝着了，那白姑娘……白姑娘……听说，每天都跪在天桥那儿，要卖身葬父呢！""你……"阿克丹把掌柜的用力一推，气坏了，"你居然把他们赶出去了！你还有人心吗？"

皓祯已无法再追究下去。转过身子，他大踏步地就往门外冲去。阿克丹慌忙抛下掌柜的，和小寇子急急追赶过来。三个人也不备车，也不说话，埋着头往前疾走。

然后，皓祯看到吟霜了。

她一身缟素，头上绑着白孝巾，直挺挺地跪在那儿，素素的净净的脸上，一点儿血色也没有，眼睛里，一滴泪也没有。她怀抱一把琵琶，正在那儿悲怆地唱着：

家迢迢兮天一方，悲沦落兮伤中肠，流浪天涯兮不久长！
树欲静兮风不止，树欲静兮风不止，子欲养兮亲不待，
举目无亲兮四顾茫茫，
欲诉无言兮我心仓皇！

皓祯走了过去，站定了。低下头，看到吟霜面前铺着张白布，上面写着："吟霜与父亲卖唱为生，相依为

命，回故乡未几，却骤遭变故，父亲猝然与世长辞。身无长物，复举目无亲，以致遗体奉厝破庙之中，不得安葬。吟霜心急如焚，过往仁人君子，若能伸出援手，厚葬先父，吟霜愿为家奴，终身衔环以报。"

白布上，有过路人丢下的几枚铜币，显然，并没有真正要帮忙的人。"吟霜！"皓祯喊了一声，这是第一次，他喊了她的名字。

吟霜抬起头来，看到皓祯了。她呆呆地看着他，一句话都没有说，那对漆黑漆黑的眸子，慢慢地潮湿了。泪，一下子就涌了上来，沿着那苍白的面颊，迅速地滚落下去了。

他伸手给她，喉咙哑哑的："起来，不要再跪了！也不要再唱了。我，来晚了，对不起！"她的眼睛闭了闭，重重地咽了口气。成串的泪珠，更加像泉水般涌出，纷纷乱乱地跌落在那身白衣白裙上了。

第五章

白胜龄入了土，安葬在香山公墓里。

白吟霜搬进了东城帽儿胡同的一个小四合院里。

小四合院是小寇子提供的，他的一门远亲，正好有这么一栋空房子，空着也白空着，就租给了皓祯。房子不大，总共才八间，门窗也显得破旧了些。但是，一时之间，也找不到更合适，更好的房子了。皓祯虽不十分满意，也只得将就将就了。好在，这四合院的地理位置非常幽静，帽儿胡同是典型老百姓住宅区，住在这儿，是再也不用担心多隆来闹事了。从办丧事，到迁入帽儿胡同，一共只花了三天的时间。速度之快，决定之快，行动之快，都不是皓祯自己所预料的。首先，是白老爹已咽气多日，实在不宜再拖下去，入土为安比黄道吉日更重要，所以，阿克丹安排好了墓地，就迅速地安葬了。

然后，是吟霜的去留问题，吟霜举目无亲，走投无路，既有多隆的后顾之忧，又有生活上的燃眉之急。皓祯在救人救到底的心情下，无从深思熟虑，知道有这么一栋房子，就立刻做了决定。吟霜迁入小四合院，皓祯要阿克丹找人清扫房子，要小寇子去买日用所需，忙得什么似的，忙完了，看来看去，觉得还是不安，总不能让吟霜一个人住在这四合院里。于是，小寇子的三婶儿常妈搬了进来，奉命照顾吟霜。过了两天，常妈又找来了香绮丫头，一起侍候吟霜。

阿克丹冷眼看着这种种安排，实在是不安已极。皓祯刚刚才被"指婚"，是个"额驸"呢！这下子，美其名为"救人"，实在难逃"私筑香巢""金屋藏娇"的嫌疑。私下里，他敲着小寇子的脑袋，咬牙骂着：

"你这个兔崽子，鬼主意怎么这么多！又有空房子，又有三婶儿……现在，弄成这个局面，怎么收拾？万一传到王爷耳朵里，是怎么样也解释不清的……万一再传到宫里头去，大家有几条命来担待！"

"这可没办法！"小寇子振振有词，"你要怪，就去怪那个无法无天的多隆！咱们一个月没去龙源楼，白姑娘就闹了个家破人亡，你没看到皓祯贝勒爷难过成什么样子！现在，如果咱们撒手不管，那白姑娘弱不禁风的，谁知道又会落到什么悲惨的境地！何况……我看咱们的贝勒爷，对白姑娘是动了真感情了……这王孙公子嘛，哪一个不是三妻四妾的……就算是额驸，也免不了吧！皇上还有三宫六院、七十二嫔妃呢！所以所以……你不要愁来愁去，尽管对白姑娘好一点，没错！"没错？阿克丹头脑简单，心眼远不如小寇子来得多，他不会分析，不会长篇大论，他做事只凭直觉；这事做得鲁莽，可能"错"大了！第二个觉得诸般不安的，就是吟霜了。

在葬父之后，吟霜就一心一意，要"报效"皓祯了。她始终没弄清楚皓祯的身份，连皓祯的名字都不知道。但，看他胆敢和多隆动手，能文能武，出手阔绰，身边还跟着阿克丹和小寇子，就已猜到他出身于富贵之家。富贵之家是不在乎多一个丫头的！这边想着，她就对皓祯虔诚行礼，郑重说道："公子，我这就随您回府上去当个丫环，今后任劳任怨，终身报效！""不行！"阿克丹冲口而出，"你不能入府！"

吟霜怔了怔。皓祯已急忙接话：

"出钱葬你爹，纯粹为了助人，如果你认为我是贪图你的回报，未免把我看低了！"

吟霜急了。"虽然你不图回报，可是我却不能不报，本就白纸黑字，写得清清楚楚，我是'卖身葬父'呀！假若你嫌弃我，认为我当丫头没资格，那么，就让我去厨房挑水劈柴，做做粗活也可以！""不不，你完全误解了！"皓祯也急了，"我怎么会嫌弃你，实在是有我的难处呀……坦白跟你说了吧！我是皇亲贵族，阿玛是硕亲王，我本身的爵位是贝勒，名叫皓祯！"

吟霜目瞪口呆，怔怔地看着皓祯。心里早猜过千次百次，知道他出身不凡，可没想到，来头竟这样大！还没喘过气来，小寇子已在一边插嘴："还不止这样，咱们贝勒爷，上个月才被皇上'指婚'，配给了兰公主，所以，不久之后，他就是'额驸'了！"

吟霜心中没来由地一紧。惊愕之余，还有份说不出来的惆怅，和说不出来的酸楚。原来，这位英俊焕发的少年，竟是这样尊贵的身份。她更加自惭形秽了。

"再叫你明白些吧！"小寇子又接着说，"第一，咱们王府规矩森严，不是随随便便，说进去就进去了。第二，贝勒爷溜出书房，到龙源楼喝酒打架的事，是绝不能给王爷知道的，这事必须严守秘密。第三，你一身热孝，戴进门犯忌讳，叫你除去又不通情理……所以，进府是难，难，难！"

"那……"吟霜慌忙地看看皓祯，"我该怎么办呢？我无亲无故，走投无路，假若公子……不，贝勒爷要我去自生自灭，我也恭敬不如从命……那，那……"她咬咬嘴唇，眼中充泪了，心中早已千回百转。"那……我就拜别公子，自己去了！"她要跪下。他一把扶住了她。"你要去哪儿？""一把琵琶，一把月琴，再加上爹留下的一把胡琴，天南地北，流浪去了。""不！"皓祯心头热热的，声音哑哑的，"不能让你这样去了！我'无法'

让你这样去了！"

于是，有了四合院，有了常妈，有了香绮。

吟霜摇身一变，从落魄江湖的歌女，俨然变成四合院里的小姐了。常妈慈爱可亲，香绮善解人意，吟霜有了伴，心里不知有多高兴。皓祯三天两天就来一次，谈王府，谈皓祥，谈王爷和福晋，谈思想，谈看法，谈人生……吟霜也谈自己，怎样自幼随父母走江湖，怎样挨过许多苦难的岁月，怎样十岁丧母，和父亲相依为命……她的故事，和他的故事，是那么天壤之别，截然不同的，两人都听得津津有味。两人都情不自禁地，去分担着对方的苦与乐，去探索着彼此的心灵。

但是，吟霜是很不安的。自己的身份，非主非仆，到底会怎样呢？皓祯对自己，虽然体贴，却保持着一定的距离。到底，他是有情，还是无情呢？这种生活，是苟安，还是长久呢？逐渐地，他不来，她生活在期待里，他来了，她生活在惊喜里。期待中有着痛楚，惊喜中有着隐忧，她是那样患得患失，忽喜忽悲的了。弹弄着月琴，她最喜欢在灯前酒后，为他唱一首《西江月》：

> 弹起了弹起了我的月琴，
> 唱一首《西江月》，你且细听：
> 宝髻松松绾就，铅华淡淡妆成，
> 青烟翠雾罩轻盈，飞絮游丝无定。

相见争如不见，有情何似无情，

笙歌散后酒初醒，深院月斜人静！

弹起了弹起了我的月琴，

唱一首《西江月》，你且细听！

他听着这首歌，深深地凝视着她，长长久久地凝视着她，知道她是这世界中，自己唯一能看见的人了。

第六章

　　真正把皓祯和吟霜紧紧拴在一起的，竟是多年以前的那只白狐。那天，吟霜看到了皓祯腰间的玉佩和玉佩下的狐毛穗子，她那么惊奇，从没看过用狐狸毛做的穗子！皓祯解下玉佩，给她把玩，告诉了她，那个"捉白狐，放白狐"的故事。吟霜细细地听，眼睛亮晶晶，闪着无比的温柔，听得感动极了。听完了，她握着玉佩，久久沉思。

　　"想什么？"他问。"想那只白狐，想当初的那个画面，那只狐狸，临去三回首，它一定对你充满了感激之心，说不出口吧！"她抬眼看皓祯，"这白狐狸毛，可不可以分一半给我？"

　　"你要这穗子？"皓祯诧异地问，"要穗子做什么？"

　　"你别问了！"她笑了笑，很珍惜地握着那丛狐毛，

"我就是想要一些狐狸毛。""好吧！"皓祯也笑笑说，"不过拆弄弄得挺麻烦，就连玉佩放在你这儿吧，下次来的时候，再还给我！"

下一次，他再来的时候，已经隔了好些天。那天，他来的时候，情绪非常低落。因为，府里出了一件事，有个名叫小蕊的乐女，是内务府选出来，交给翩翩去训练的。不知怎么竟给皓祥看上了，皓祥挑逗不成，竟霸王上弓，占了小蕊的便宜。这小蕊也十分节烈，居然跳进湖中寻了自尽。整个府中闹得鸡犬不宁，翩翩双手遮天，承担了所有的罪名，遮掩了皓祥逼奸的真相。皓祯明知这整个事件的来龙去脉，却不得不帮着翩翩遮瞒，以免王爷气坏身子，更怕家丑外扬。偏偏那皓祥，不但不领情，还对着他大吼大叫，咆哮不已：

"你不要因为你是正出，就来压我！我一天到晚生活在你的阴影底下，都苦闷得要发疯了！为什么你娘是个格格，我娘偏是个回回？为什么皇上把兰公主配给你，而不配给我？我苦闷，我太苦闷了，这才找小蕊解闷，谁知道她那么想不开！你少训我，我会做这些事，都因为你！"

怎会这样呢？皓祥怎会变成这样呢？这"出身"的事，谁能控制？谁能选择父母呢？兄弟之间，竟会因正出庶出而积怨难消。王府之中，因有宝石顶戴，而轻易送掉一条人命？他想不通，太想不通了。人，难道真是如此生而不平等，有人命贵，有人命贱吗？他就在这种低落的情绪中，来到帽儿胡同，进了小四合院。谁知道，一院子的冷冷清清，吟霜不见踪影，常妈迎了出来："白姑娘带着香绮出去了。"

"去哪儿了？"他问。"不知道，没说。""去多久了？"他问。"吃过午饭就出去了，已经快两个时辰了！"

皓祯眉头一皱，怎么去了那么久？能到哪里去呢？他踱进大厅，坐了下来，决定等吟霜。阿克丹见吟霜不在，就催促着说："既然人不在，咱们就早点回府吧！这两天府里不安静，怕王爷要找人的时候找不着……"

"要回去你回去！"皓祯对阿克丹一瞪眼，"我要在这儿坐等，我要等吟霜回来！"阿克丹闭了嘴，不敢说话了。和小寇子退到偏房里，吹胡子瞪眼睛地生闷气。皓祯这一等，就又等了足足两个时辰，喝光了三壶茶，踱了几千步的方步，看了几百次的天色……吟霜就是无影无踪。然后，天色暗了，屋里掌灯了。接着，窗外就淅淅沥沥地下起雨来了。皓祯这一生，还没有尝过等待的滋味，看着雨滴沿着屋檐滴落，他又着急，又困惑。吟霜举目无亲，能去什么地方？会不会冤家路窄，又碰到那个多隆？越想就越急，越急就越沉不住气……然后，吟霜终于回来了，和香绮两个，都淋得湿湿的。一听说皓祯已经等了好久，吟霜就急急地冲进大厅。她的头发湿漉漉的，怀里紧抱着一个蓝色的布包袱。皓祯瞪着她，看到她发梢淌着水，脸色苍白，形容憔悴。皓祯一肚子的着急和烦躁，此时，又糅合了一股油然而生的心痛，立刻就爆发了："这个家什么地方没帮你打点好？你说！"他重重地拍了一下桌子。

吟霜惊跳了一下，脸色更白了。

"吃的用的穿的，我哪一样漏了？就算漏了，你尽管叫常妈或是香绮出去买，你自己跑出去做什么？"他像连珠炮似的，一口气嚷嚷着，"就算你非自己去不可，也该早去早回。在外面逗留这么久，天下雨了也不回来，天黑了也不回来，万一再遇上坏人，再发生多隆抢人的事情，你预备怎么办？老天不会再给你一个皓祯来搭救你的！你知不知道？明不明白？"

"是！是！"吟霜急切地点着头，眼里充满哀恳之色，"我知道错了，以后再也不会了！"

"就算你嫌家里气闷，你要出去逛逛，也最好等我在的时候，有人陪着才好，是不是？何况你热孝在身，一身缟素，出了门总是引人注意，最好就待在家里……有事没事的，少出门去闲逛，毕竟，现在不是跟着你爹，在跑江湖呀……"

吟霜听到这儿，眼泪就滚出来了。站在一边的香绮，再也忍受不住，冲上前去，就把吟霜怀里的蓝色包袱抢过来，三下两下地解开了，把一个小小的圆形绣屏，往皓祯手中一送，急急地说："小姐和我，是去裱书店，裱这个绣屏！因为老板嫌麻烦，不肯裱，小姐跟他好说歹说，求了半天人家才答应。她又不放心把东西留在那儿，硬要盯着人家做！这才等了那么久，这才淋了雨，到现在才回来！"

皓祯惊讶地看着手中那个绣屏，顿时怔住了。那绣屏上，绣着一只白色的狐狸，尾巴高扬着，白毛闪闪发光。扬着四蹄，正在奔跑。一面奔跑，一面却回眸凝视，眼睛乌溜溜的，脉脉含情。皓祯的心脏，"咚"地猛然跳动，白狐！俨然就是当初那只白狐呀！连身上那毛，都栩栩如生！他惊愕得说不出话来了，抬起头，香绮又抢着说：

"自从贝勒爷留下那个玉佩，小姐就好几个晚上都没睡觉，你没瞧见她眼圈都发黑了吗？人都熬瘦了吗？她用白狐狸毛，掺和着白丝线，日夜赶工，亲手绣了这个绣屏，说是要送给贝勒爷……好不容易绣完了，又赶着去配框……小姐连休息的时间都没有，哪儿还有闲情逸致，出门逛街？"

皓祯凝视着吟霜，吟霜也扬起睫毛，静静地瞅着皓祯了。一时间，皓祯只觉得一股热血，在嘴唇……猝然间，所有的矜持全部瓦解，他放下绣屏，冲了过去，忘形地张开双臂，把她紧拥入怀，一迭连声地说：

"吟霜！吟霜！从来没有一个时刻，我这样期望自己不是皇族之后，但愿是个平凡人，但愿能过平凡的日子，这帽儿胡同，这小四合院，就是我的天堂！吟霜，你早已紧紧地、紧紧地拴住我这颗心了！"吟霜紧偎在他怀里，泪，不受控制地滚滚而下。

乖巧的香绮丫头，慌忙溜出门去。张罗吃的，张罗姜汤，张罗干衣服，张罗熏香……小寇子和阿克丹面面相觑，看着窗外夜色已深，听着雨打芭蕉，不知道今夕何夕。只知道逃不掉的，就是逃不掉。那夜，皓祯没有回王府。

在吟霜的卧房中，罗帐低垂，一灯如豆。皓祯拥着吟霜，无法抗拒地吻着她的眉，她的眼，她翘翘的鼻尖，她温软的唇，她细腻的颈项，她柔软的胸房……啊，吟霜，吟霜，心中千回百转，激荡着她的名字。啊，吟霜，吟霜，怀中软玉温存，蠕动着她的青春。皓祯完全忘我了，什么名誉、地位、公主、王府、顾忌……都离他远去，什么都可以丢弃，什么都可以失去，什么都可以忘记，什么都可以割舍……他只要吟霜。吟霜，是生命中的一切，是感情上的一切，是一切中的一切。他轻轻褪去她的衣衫，吻，细腻地碾过那一寸一寸的肌肤。忽然间，他愣了愣，手指触到她右边后肩上的一个疤痕，一个圆圆的，像花朵似的疤痕，他触摸着，轻问着：

"这是什么？"她伸手摸了摸。"我娘跟我说，打我出生时就有了。"

"那么，是个胎记喽？怎么有凸出来的胎记？给我看看！"他转过她的身子，移过灯来，细看她的后肩，叹为观止，"你自己看不见，你一定不知道，它像朵梅花！"

"是啊，"吟霜害羞地缩了缩身子，"我娘告诉过我，它像一朵梅花。""啊！"皓祯放下了灯，再拥住她，"你肯定是梅花仙子下凡投胎的，所以身上才有这么一个像烙印似的记号，怪不得你仙风傲骨，飘逸出尘！原来，你是下凡的梅花仙子！你是我的梅花仙子！"说着，他的唇，热热地印在那朵"梅花烙"上，碾过每一片花瓣。他诚挚地、热情地、由衷地喊出声来："吟霜，你是我这一生最深的热爱，我，永不负你！"

说完，他们两个，就缠绕着滚进床去。

是的，吟霜正是二十年前，雪如失落了的女儿。命运之神，挥动着它那只无形的手，把这两个生也该属于两个世界，活也该属于两个世界，死也该属于两个世界的男与女，硬给推进了同一个世界。

第七章

接着，是一段旋乾转坤般的日子。皓祯的每一个黎明，都充满着崭新的希望，见吟霜！每一个黑夜，都充满了最美丽的回忆，想吟霜！两人见面时，是数不清的狂欢，两人分离时，是剪不断的相思。这才了解，古人为什么有那么多的诗词，写相爱，写相忆，写相思。真是"此情无计可消除，才下眉头，却上心头"！当然，在这份刻骨之爱里，也有煎熬，也有痛楚；也有忧虑，也有担心。皓祯深深明白，这种"金屋藏娇"的情况，绝非长久之计。如果要一劳永逸，除非把吟霜接进府里去，让父母都承认她的身份，虽然吟霜与"夫人"早已绝缘，或者可以有"如夫人"的地位。但是，这也是一种"奢望"呀！王爷为人耿直，怎会容忍皓祯在王府外，和吟霜这样的江湖女子，赁屋同居？雪如呢？雪如端庄高雅，平日几乎足不出户，又怎能了解皓祯这种近乎荒唐的行径呢？皓祯千思万想，想来想去想不出办法。小寇子和阿克丹，见事情演变至这个局面，更是人心惶惶。只怕大难临头，谁也拿不出一个主意。至于吟霜，她一听"入府"二字，就吓得魂飞魄散，几千几万直觉，都告诉她，这"王府"不是那么容易进去，万一进去了，是福是祸，也难预料！抓着皓祯的手，她苦苦哀求着：

"你就让我住在帽儿胡同，一切维持现状！我已经非常非常满足了！我不在乎名分，不在乎地位，只在乎天长地久！你只要随时抽空来看我，我就别无所求了！"

吟霜吟霜啊！皓祯痛楚地想着，你不知道，没有身份，没有地位，就没有"天长地久"呀！能"苟安"于一时，是运气好，万一东窗事发，别说"苟安"不成，恐怕"平安"都做不到呀！就在这种"好甜蜜，又害怕，既欢喜，又哀愁"的煎熬里，那个最恐惧的事终于来了！皇上下旨完婚，皓祯与兰公主婚期定了：三月十五日晚上。

婚期一定，就是一连串忙碌的日子，整个王府都几乎翻过来了。重新粉刷油漆房子，安排新房，买家具。大肆整修以外，皓祯要学习礼仪，彩排婚礼种种规矩，去宫里谢恩，跟着王爷去拜会诸王府，还要随传随到，随时进宫，陪皇上吃饭下棋聊天。事实上是皇上有诸多"训勉鼓励"，必须时时听训，了解到身为"额驸"的荣宠。当然，皓祯的衣冠鞋帽，随身物品，几乎件件打点，全部要焕然一新。仅仅量身、制衣就忙得人晕头转向。在这种忙碌里，皓祯根本就没有办法再抽身到帽儿胡同。小寇子衔命来向吟霜报告了几句，就又匆匆地跑走了。吟霜依门伫立，二月的北京，风寒似刀，院中积雪未融，一片白茫茫的。吟霜的心情，和那冰雪相似，说不出有多冷，说不出有多苍凉。这才蓦然了解，无情何似多情苦！天下无情的人有福了！想到婚礼，想到兰公主，想到洞房花烛夜，想到和她有肌肤之亲的皓祯，将和另一个女人有肌肤之亲……她知道不该吃醋，不该嫉妒，她也没有资格吃醋，没有资格嫉妒，但是，她的心碎了。

距婚礼的日子一天天接近，她每天迎着日升日落，心里模糊地想着，婚后的皓祯，可能再也不来帽儿胡同了！说不定，她已经永远失去皓祯了。这种想法撕痛了她的五脏六腑，她神思恍惚，茶饭不进，整个人形销骨立。

三月十二日的晚上，吟霜又凭窗而立，神思缥缈。离婚礼只有三天了。此时此刻，皓祯一定忙于试装，忙于最后的准备工作吧！正想着，小院外忽然传来马蹄哒哒，接着，四合院的门被拍得砰砰作响：

"常妈！香绮！快来开门呀！"

吟霜浑身一凛，心脏狂跳。这声音，这是皓祯呀！她飞奔出了房门，飞奔穿过院落，比常妈和香绮都快了一步，冲过去拉开门闩，打开大门。

皓祯骑在一匹骏马上，正停在门口。

"是你？真的是你？"吟霜哽咽地问，已恍如隔世，"你怎么来了？你怎么脱得了身？"

皓祯翻身下马，奔进了四合院。一语不发，就紧紧地攥着吟霜的手，双眼灼灼，一瞬也不瞬地盯着吟霜。

吟霜深深抽着气，也一瞬不瞬地回视着皓祯。

两人对视了好一会儿，皓祯的手用力一拉，吟霜就扑进他怀中去了。他用双手环抱着她的身子，把头埋在她的发边，嘴唇贴着她的耳朵，他热烈地、颤抖地、沙哑地、急促地说：

"吟霜，听着！我只能停五分钟，府里在大宴宾客，我从席间溜了出来，快马加鞭，赶来见你一面！我马上要走，立刻要走！你听好，不管我跟谁结婚，我的妻子是你！我不会忘记你，不会抛下你！千言万语一句话：我永不负你！你要相信我、等待我！婚礼之后，我一定要想办法把你接入府，咱们的事才是我的终身大事！你，要为我珍重，为我保重，别辜负我这样千思万想，受尽煎熬的一颗心！所以……"他的泪，热热地掉落在她发际，烫疼了她的心，"你不能再瘦了，不能再憔悴下去，要为我振作，要为我保重呀！"

"是！是！是！"她哭着，抽噎着，泪湿透了他的衣襟，"你这样赶来，对我说了这样一番话，我可以咀嚼生生世世了！你放心，我会为你珍重，我一定为你珍重！我等你，等你，等一千年，一万年都可以！"

马儿在门口，发出一声长嘶。

两人悚然而惊，他推开了她，再深深看了她一眼，那眼光，似乎恨不得将她吸进自己的身体里。

"我走了！"他转过身，迅速地跳上了马背。

她追到门口，扶着门，痴痴地看着皓祯。他一拉马缰，马儿撒开四蹄，连人带马，如飞般地消失在胡同尽处。

香绮、常妈走过来，一左一右地扶持着她。两人眼中，都蓄满了泪。

第八章

　　三天后的晚上，皓祯和兰公主完成了婚礼。

　　满人有许多规矩，行婚礼在晚上而不在白天。王室的婚礼，更有许多规矩，许多排场。那夜，迎亲队伍真是浩浩荡荡，街上挤满了人看热闹。婚礼队伍蜿蜒了两里路。皓祯骑马前行，后面有仪仗队、宫灯队、旌旗队、华盖队、宫扇队、喜字灯笼队……再后面才是八抬大红轿子，坐着陪嫁宫女，然后才是公主那乘描金绣凤的大红喜轿。她贴身的奶妈崔姥姥，带着七个宫中有福的姥姥，扶着轿子缓缓前进。

　　皓祯满脸肃穆，面无表情，眼光直视着前方，像个傀儡般向前走着，浑然不知那挤在街边看热闹的人潮中，吟霜和香绮也在其中。吟霜那对热烈的眸子，如醉如痴地看着那英姿俊朗的皓祯，和那绵延不断的队伍，这才更加体会出来，她和皓祯之间，这咫尺却有如浩瀚大海，难以飞渡。

当晚，经过了复杂的婚礼程式，皓祯和兰公主终于被送进了洞房。又经过一番恍恍惚惚的折腾，新娘的头盖掀了，合欢酒也喝了，子孙饽饽也吃了……崔姥姥带着众宫女太监姥姥们，终于退出了洞房。皓祯和他的新娘面对面了。

皓祯凝视着兰公主，她穿金戴银，珠围翠绕，盛妆的脸庞圆圆润润，两道柳叶眉斜扫入鬓，垂着的眼睫毛浓密修长，嘴角挂着个浅浅的笑，一半儿羞涩，一半儿妩媚。皓祯心里掠过一阵奇异的感觉，真糟糕！她为什么不丑一点儿呢？如果她很丑，自己对她的冷落，也就比较有道理一些，但她却长得这么天生丽质，仪态万千。

"请公主与额驸，行'合卺之礼'！"

门外，崔姥姥高声朗诵了一句，接着，一个太监又朗声说："唱'合卺歌'！"于是，门外檀板声响，"合卺歌"有板有眼，起伏有致地唱了起来。兰公主的头垂得更低，却用眼角偷偷地瞄了一下皓祯。皓祯开始感到紧张了，手心都冒起汗来。他瞅着兰公主，知道自己必行这"周公之礼"，逃也逃不掉，赖也赖不掉。他伸出手去，触摸到了她披着的描金绣凤的红披风，他知道自己该拉开那个活结褪下披风。但是，刹那间，吟霜那含泪含愁的眸子在他眼前一闪，他的手骤然地缩了回去。

公主震动了一下，有些惊惶地扬起睫毛，飞快地看了他一眼。他深抽口气，"合卺歌"已经唱到第二遍了。他再伸出手去。这次，涌到他眼前的，竟是吟霜的胴体，那洁白的肌肤，那软软的手臂，和那朵小小的"梅花烙"。他陡地惊跳了起来，差点从床上跌落地上。这才蓦然体会到，如果自己把这"周公之礼"，当成一种"义务"，自己很可能会心有余而力不足的！

他甩甩头，甩不掉吟霜。

他闭闭眼，闭不掉吟霜。

他咬咬嘴唇，咬不走吟霜。

他心慌意乱，思潮起伏，每个思潮里都是吟霜。

公主再度扬起睫毛，悄悄看皓祯，见皓祯那英俊的面庞，越来越苍白，乌黑的眸子，越来越深黯。虽是三月，他额上竟沁出了汗珠……公主心中一阵怜惜，以为自己懂了。她轻声地，像蚊子般吐出几句话来：

"折腾了一天，你累了，我……也累了！不急在一时，先，歇着吧！"皓祯如释重负，长长地吐出了一口气来。

第二夜，王府在宴宾客，皓祯喝得酩酊大醉。

第三夜，王府再宴宾客，皓祯又醉了。

就这样，连续五夜过去了。

根据清王室规矩，公主下嫁，额驸需要另行准备公主房，公主召见时才得入房，平日必须留在自己房内。

兰公主并非正牌公主，皇上体恤硕王府，不曾下令再建公主房。但是，硕王府仍然把南边最好的一栋房子，名叫"漱芳斋"的，修葺成公主房。五天过去了。公主房内开始传出一些窃窃私语，这些"私语"，透过崔姥姥，透过秦姥姥，终于到了福晋雪如的耳里。雪如大惊失色。五夜了，居然不曾圆房？这皓祯到底怎么了？公主如花似玉，长得珠圆玉润，又有哪一点不合皓祯的心意？还是……皓祯年幼，竟不懂这些事情？不不！这太荒谬了！太荒唐了！雪如心急如焚，带着秦姥姥，气急败坏地冲进了皓祯的房间。皓祯正拿着那白狐绣屏，痴痴地发怔。

"皓祯！"雪如开门见山，劈头就问，"你和公主是怎么一回事？你真的……不曾圆房吗？"

皓祯，抬眼看着雪如。

"你是太紧张呢，还是不懂呢？"雪如急急地问，"哪有夜夜都喝醉的道理？你这样不懂规矩，传出去怎么做人呢？兰公主一肚子委屈，如果进宫去哭诉怎么办？你长这么大个儿，总不会连男女之事，都不开窍吧？你知道，你藐视皇恩，简直莫名其妙嘛！""额娘！"皓祯喊了一声，满脸的痛苦，满眼的无奈。满身上下，都透露着某种煎熬的痕迹。那张年轻的脸，没有喜悦，没有兴奋，更没有新婚燕尔的甜蜜，只有憔悴，只有伤痛。"怎么了？"雪如心慌意乱起来，"你有什么难言之隐吗？

到底是怎么回事，你说啊！"

"扑通"一声，皓祯对雪如双膝点地，跪下了。手中，高高举着那个白狐绣屏。"额娘，你救我！"皓祯嚷着，"只有你能救我，你是我的亲娘呀！这个绣屏，出于一个女子之手，她的名字叫白吟霜，除非她能进府，否则，我无法和公主圆房！"

雪如目瞪口呆，惊愕得话也说不出来，握着那绣屏，她瞪着那栩栩如生的白狐，简直手足失措了。

然后，她知道了皓祯和吟霜的整个故事，除了"梅花烙"这个小印记以外，皓祯把什么都说了。

第九章

这天晚上，一辆马车来到了胡同。

常妈被急促的敲门声惊动，才打开大门，小寇子已闪身入门，直奔入房："白姑娘！白姑娘，我家福晋来了！"

吟霜从椅子里弹了起来，整张脸孔，惊吓得惨白惨白。她踉踉跄跄着走到房门口，秦姥姥已扶着雪如，走入大厅里来。吟霜抬眼，恐慌地看了看雪如，就急忙垂下头去，匍匐于地了。

"吟霜拜见福晋！"她颤抖着说，直觉地感到，大祸临头了。皓祯才新婚，福晋怎会亲自来帽儿胡同？皓祯说了什么？老天啊，皓祯到底说了什么？她伏在地上，头不敢抬，身子瑟瑟发抖。雪如看着一身缟素的吟霜，白衣白裳，头上簪着朵小白花。伏在那儿，只看到耸动的肩膀。她咳了一声，小寇子早就推一张椅子来，秦姥姥扶着雪如坐下。

"你给我抬起头来！"雪如冷冰冰地说。

"是！"吟霜听出福晋声音里的威严和冷峻，吓得更加厉害，微微抬起一点头，整个脸孔仍然朝着地面。

"我说，抬起头来！"雪如清晰地说，"看着我！"

吟霜无可奈何了，她被动地抬起头来，被动地看着面前这个雍容华贵的女子……她的眼光和雪如的眼光接触了。

雪如心中怦然一跳，多么美丽的一对眼睛啊！像黑夜里的两盏小灯，也像映着湖水里的两颗星辰，那样盈盈如秋水，闪闪如寒星！那脸庞，那鼻梁，那小小的嘴……怎么如此熟悉？如此似曾相识？她有些错愕，有些意外，整个人都恍恍惚惚起来。就在恍惚中，身边的秦姥姥发出轻微的一声惊呼：

"呀！""怎么？"她迅速地抬眼去看秦姥姥。

"没什么，"秦姥姥慌忙摇头，"这白姑娘，有点儿面善！"她低低地说。雪如更加怔忡了。再去看吟霜时，她准备了一肚子的话，竟然一句都说不出口。她准备好的一袋银子，竟也拿不出手。至于那些疾言厉色的训斥，更不知从何说起。在这等沉默中，吟霜六神无主了。"福晋！"吟霜颤颤抖抖地开了口，"请原谅我！请你不要生气！我很清楚自己的身份地位，从来不敢有任何奢求！我在这儿，只是就近照顾我爹的坟墓，然后以报恩之心，等待贝勒爷偶尔驾临！此外我再无所求，我绝不会惹麻烦，也不会妨碍任何人，更不会找到府上去！您，您就当我是贝勒喜欢的小猫小狗好了，让我在这儿自生自灭！"

"哼！"雪如好不容易，才"哼"出一声来，"说什么小猫小狗，说什么自生自灭？你知道吗？皓祯为了你，至今未曾和公主圆房，你这小猫小狗，力量未免也太大了！"

"什么？"吟霜一惊，"贝勒爷没和公主圆房？怎会这样呢？为什么呢？"她心慌慌地问。满怀酸酸的痛楚中，却又有那么一丝丝甜意。"为什么？"雪如瞪着她，"你告诉我为什么？"

"事情闹到今天这个地步，你实在是让我百般为难呀！"雪如盯着吟霜，"你说你不曾妨碍任何人，事实上，你的存在，已经妨碍了许多人！如果皓祯再执迷不悟，公主怪罪下来，全家都有大祸！你了解吗？"

吟霜拼命点头。"你年纪轻轻，才貌双全，"雪如再深抽了口气，勉强地说着，"为什么要白白糟蹋呢？你应该配个好丈夫，做个正室，何必过这种名不正、言不顺的日子？假若你肯离开皓祯，我绝不会让你委屈！"吟霜抬起头来，定定地看着雪如了。

"我懂了！"她绝望地，悲切地说，"您的意思，是要把我许配他人？要我负了贝勒爷，绝了他的念头？您不在乎我的感觉，也不在乎贝勒爷吗？"

雪如一怔。秦姥姥忍不住疾步上前：

"福晋是为你着想呀！你不要敬酒不吃吃罚酒！以你这等人才，又有福晋在后头帮你撑着，总会给你配个好人家的！这是天上掉下来的一门儿福气，你快谢恩吧！"

吟霜点头，眼中透露出一种决绝的神色，她不住地点着头，嘴里喃喃地说着："我明白了！你们的意思我都明白了！福晋既然不能容我，那我只剩一条路可走！要我负皓祯，以绝他的念头，不如让我消失，以绝所有后患！"

说完，吟霜站起身来，就如同一只受伤的野兽般，迅速冲出房门，用尽全力，奔向后院。雪如大惊失色，伸手一拦，哪儿拦得住，吟霜已消失在门口。雪如跳起身子，苍白着脸喊："吟霜！你要做什么？你听我说呀！"

小寇子眼见情况不妙，大喊了一声：

"不好！她要去投井！"

喊完，他跟着直冲出去，奋力狂奔，追着吟霜。吟霜已奔到井边，在众人的狂叫声中，爬上井边的护栏，眼看就要跃入井中，小寇子连滚带爬，冲到护栏底下，奋力一跃，拉住了吟霜的脚。吟霜挣扎着，却挣扎不过小寇子，手指攀着护栏，死命不放。小寇子使出全力，用力一拉，吟霜终于攀不住，从护栏上滚落到井边。匍匐在井边潮湿的泥地上，不禁放声大恸。雪如、秦姥姥、常妈、香绮全奔了过来，香绮扑上前去，哭着扶起吟霜，痛喊着说：

"吟霜小姐，你如果有个三长两短，你让贝勒爷怎样活下去呀？"

雪如站在那儿，目睹了这样惊险的一幕，听到香绮这样一说，再看到又是泥、又是泪的吟霜，她整颗心都绞起来了，绞得全身每根神经都痛了。她喘着气，一瞬也不瞬地盯着吟霜，泪，就冲进眼眶里去了。

"你这孩子，"她开了口，声音是沙哑的，哽咽的，"不过是和你商量商量，你心里有什么话，有什么主意，你说呀！性子这么刚烈，出了任何差错，你又让我情何以堪？"

吟霜只是埋着头哭，小寇子匍匐到雪如面前，跪在那儿，诚挚地、哀求地说："福晋！奴才斗胆，献一个计策，就说白姑娘是我三婶儿的干女儿，自幼失了爹娘，无家可归，所以是奴才求着福晋，收容她在府里当个丫头。然后，等过个一年两年以后，再说白姑娘给贝勒爷看中了，收为小星，不知这样做可不可以？"

雪如听着，此时，实在已经乱了方寸。她看着吟霜，不由自主地，就顺着小寇子的话，去问吟霜了：

"这样做，你愿不愿意呢？"

吟霜不相信地抬眼看雪如，就跪在地上，一边哭着，一边对雪如磕头如捣蒜。雪如情不自禁地一弯身，扶住了吟霜，含泪瞅着她："只是，孝服必须除了，秦姥姥，给她做几件鲜艳的衣裳……"她看看跪在一边的香绮，又长长一叹，"看样子，你身边这个丫头，对你也情深义重的！也罢，既然是王府添丫头，一个是添，两个也是添，就说你们两个是一对姐妹，给我一起进府来吧！"

香绮大喜过望，忙不迭地磕下头去：

"香绮谢谢福晋，谢谢小寇子！谢谢秦姥姥……"

吟霜含泪仰望着雪如。雪如眼中，盛满了温柔，盛满了怜惜。她心中一动：这眼光，多像她去世的亲娘呀！

第十章

　　吟霜和香绮，就这样进了亲王府。

　　雪如把东边一个没人住的小跨院，称作"静思山房"的几间小屋，暂时让吟霜和香绮住下。这静思山房的位置比较偏僻，房子也已多年失修，本来，早就要翻建了，只是王府中待修待建的房子实在太多，这小跨院反正空着，也就无人过问了。吟霜和香绮住了进去，小寇子，阿克丹，秦姥姥全来帮忙打扫，吟霜绾起头发，卷起袖子，也跟大家一起洗洗擦擦，忙得不亦乐乎。幸福的感觉，把她整个人都包裹住了。皓祯赶来了，见到吟霜，两人都觉得，已经分开几千几万年了。皓祯握着吟霜的手，看她除了孝服，用蓝布包着头发，更有另一种风情，不禁看得痴了。吟霜是千言万语，简直不知从何说起。轻轻一跺脚，埋怨的话，就脱口而出了：

"你怎么要为了我，而弄得阖府不宁啊！"

"我也知道自己不对，"皓祯急忙说，"但是，我就是没有办法，面对着她，老想着你，我实在是力不从心呀！现在，你进了府，我的心就定了！或者……"

"别再'或者'了！"吟霜着急地说，"咱们对彼此一往情深，巴望的就是天长地久，你再这样任性下去，我们的天长地久也会受到阻碍的！现在我入府了，不管是丫头还是女婢，我可以常常看到你，即使连说话的机会都没有，我也已经心满意足了！请你为了我，去做真正的额驸，做公主真正的丈夫！让不知情的人得着心安，而知情的人，也不再为你担忧着急……这样，才能安大家的心，这样，才是真正爱我，为我着想的一条生路啊！"皓祯怔怔地看着吟霜。

"可是，我有犯罪感！"

吟霜深抽了一口气。"和我在一起，你有犯罪感？"她问。

"不是！和她在一起，我有犯罪感！你已经先入为主，占据了我整个心灵，我没有丝毫空隙，再来容纳他人，无论是我的身体，或是我的心灵，都渴望忠于一份感情，难道，这也是错吗？""你说这话，我太感动了！"吟霜眨着含泪的眸子，"但是，你已经娶了她呀！你被指婚的时候，就已注定了你的身份与地位，难道你违背皇上的旨意，辜负父母的期望……就不是'不忠'吗？

皓祯！皓祯！"她急切地仰着脸，热烈地低嚷着，"要爱我，先爱她！要亲近我，先亲近她，请你，求你，拜托你……"他痴痴地看着那张脸，那闪亮的双眸，那嚅动的红唇，骤然间，他俯下头去，用自己的唇去堵住了她的。

"哼哼！"一声重重的哼声，把两人倏地分开了，两人抬头一看，雪如面罩寒霜，已站在两人面前。"身在王府，可不是帽儿胡同的小四合院！"雪如郑重而严肃地说，"别以为这儿幽静，没人来！府里的丫环、太监、当差的、打更的……都可能撞见！何况还有公主带来的那一大票人！所以，你们两个，行动要分外小心！"她看看皓祯，再看看吟霜，实在是无法放心。"从明天开始，吟霜到我房里来待候，让秦姥姥教你一点儿丫头规矩！""是！"吟霜恭敬地应着，知道雪如这番安排，是一种"监视"，一种"隔离"，这样也好！

"皓祯，你还不走？"雪如跺跺脚，"我已经什么都依了你，你也该实现对我的承诺，快去吧！"

皓祯再看了吟霜一眼，吟霜眼中，盛满了嘱咐、祈求，似乎在说着先前的那几句话："要爱我，先爱她；要亲近我，先亲近她！"皓祯叹了一口长气，出门去了。

这天晚上，公主房中宝帐低垂，熏炉中，香烟袅袅，皓祯凝视着公主，看到的不是公主，而是吟霜的脸。也罢，且把公主当吟霜！他的心一横，伸手去轻解公主的罗裳，似乎在解着吟霜的衣扣。公主悄悄地抬起含羞带怯的睫毛，看到的是一张温柔的、动情的脸孔：那么年轻，那么俊秀，那么神思缥缈，那么眉目含情……她曲意承欢，一心一意地奉献了自己。

第十一章

　　吟霜就这样，在福晋房里当起差来。擦桌椅，洗窗子，烫衣服，做针线，修剪花木，照顾盆栽……她和香绮两个，真的是事无巨细，都抢着去做。福晋看在眼里，安慰在心里。这孩子，倒也勤快，虽然出身江湖，却没有丝毫的风尘味，非但没有，她举手投足间，还自有那么一份高贵的气质。雪如发现，自己是越来越喜欢起吟霜来，看着她在室内轻快地工作，竟然也是一种享受。雪如无法解释自己的感觉，却常常对着吟霜的背影，怔怔地发起愣来。

　　总觉得吟霜似曾相识，但又说不出为什么。不止她有这感觉，秦姥姥也有这感觉。或者，人与人之间，这种感觉，就叫作"投缘"吧！但是，真把这"似曾相识"的原因挑破的，却是王爷。当王爷初见吟霜，他几乎没有注意她。雪如对他说："这是新进府的两个丫头，是姐妹俩，姐姐叫吟霜，妹妹叫香绮！"吟霜和香绮跪伏于地，说着秦姥姥教过的话：

"奴才叩见王爷！"王爷挥挥手，对家里的丫环婢女，实在没什么兴趣。他心不在焉地说："起来！下去吧！""是！"吟霜和香绮磕了头，双双站起，垂着手，低着头，退出房去。退到了门口，王爷不经意地抬了抬眼，正好和吟霜照了面。王爷一怔，冲口而出：

"站住！"吟霜吓了一跳，和香绮都站住了。

"回过头来！"王爷说。

吟霜和香绮，都回过头来。

王爷盯着吟霜看了片刻，微微颔首说：

"好了！下去吧！"两人如皇恩大赦，慌忙下去了。这边儿，王爷定了定神，回头对雪如轻松地一笑，说：

"这个丫头，乍看之下，有几分像你！"

"是吗？"雪如愣了愣，"会吗？"

"可别多心啊！"王爷哈哈笑着，"不该拿丫头和你相比！不过，她那神韵，和你初入府时，确有几分相似！要说，这人与人，也好生奇怪，同样的眉毛、眼睛、鼻子，怎么都造不出重复的面孔。老天造了太多的人，偶尔，就会造出相似的来了！""怪不得，"雪如怔忡地说，"总觉得她看起来面熟，原来如此！怪不得挺喜欢她的，原来如此！"

雪如不曾往别的方向去想。府里有太多要操心的事，自从公主下嫁，规矩就多得不得了。皓祯和吟霜，又像个随时会燃烧起来的火球似的，让人抛不开，也放不下，提心吊胆。

时间迅速地滑过去，园里的牡丹花才谢，树梢的蝉儿就嚣张起来了。六月的北京城，已像是仲夏，天气热得不得了。

随着天气的燥热，兰公主的心情也浮躁不已。皓祯已被皇上赐了个"御前行走"的职位，每天要和王爷一起上朝，比以前忙碌得多了。按道理，她和皓祯还是新婚燕尔，应该腻在一块儿才对。谁知这皓祯非常古板，轻易不来公主房。大概是这"公主"的头衔太大，把他压得透不过气来吧！他在公主面前，总是唯唯诺诺，恭敬有余，而亲热不足。公主也设身处地，为他想过千次百次，也曾明示暗示，对他说过好多回："不管我是什么身份，嫁了你，我就是你的人了！婚姻美满，相夫教子，是一个女人最大的幸福！我别无所求，只想做个普通的女人，所以，忘了我是公主吧！让我们做单纯的夫妻吧！"能说这话，对兰馨来说，已经实在不容易。自幼，养在深宫，简直随心所欲，有求必应，这一生，几乎没遇到过挫折，更不了解什么叫失意。谁知嫁到王府来，这个"额驸"却把她弄得不知所措。那样的一表人才怎么总是不解风情，曾经"捉白狐，放白狐"，应该是个很感性的人呀，怎么浑身上下，没有丝毫热气？偶然"热情"时，又是魂儿出窍，神游太虚。这个人到底是怎么了？兰公主有一肚子的疑问，苦于问不出口。"公主"的身份，又使她不像一般夫妻那样方便。要见额驸，必须借崔姥姥之口，去传旨召见。皓祯完全不主动进公主房，她不好意思常常"召见"，何况有时，召也召不来。"喝醉了。""去都统府了。""明儿个有早朝。""已经歇下了。""去练功去了！""去骑马了！"……理由千奇百怪，层出不穷。

三个月过去了，兰公主身上没有丝毫喜讯。这样"清心寡欲"，想要有喜讯也不容易。兰公主的心情越来越坏，脾气也越来越暴躁，"公主"的"架势"，就逐渐摆出来了。崔姥姥冷眼旁观，急在心里，疼在心里，却苦于无法帮助兰馨。

就在六月的一个下午，兰公主终于发现了吟霜的存在。

午后，崔姥姥说，普通人家的媳妇儿都会做些吃的用的，没事时就给婆婆送去，婆媳之间可以聊聊天，谈谈她们两个共同喜爱的那个男人。由这种"交流"里，往往获益匪浅。兰公主动了心。所以，把宫里送来的几碟小点心，让崔姥姥用托盘装着，她就亲自带着崔姥姥，给雪如送来。

事先，她并不曾先通报雪如。

穿过回廊，绕过水榭，走过月洞门……一路上丫环仆佣纷纷请安问好，她都猛摇手，叫大家不要惊动福晋。才到福晋房间外的回廊上，就一眼看见皓祯那心腹太监小寇子正鬼鬼祟祟地走来走去。正好小寇子背对着公主，她就径自往福晋门口去，本来不曾特别注意。谁知小寇子一回头，看到了公主，竟然脸色大变。上气不接下气地就直冲过来，拦在福晋房门口，"嘣咚"好大一声给公主跪下，然后就扬着声音大喊："公主吉祥！"兰公主不笨，顿时间，疑心大起。崔姥姥反应更快，已一把推开了房门。

　　门内，皓祯和吟霜，慌慌张张地各自跳开。

　　公主眼尖，已一眼看到，皓祯的手，分明从吟霜面颊上移开。他在抚摸她的脸！公主惊诧得瞪大眼，还来不及反应，吟霜已吓得魂飞魄散。她猛一抬头，见公主那瞪得圆圆的眼睛正直直地逼视着自己，更是大惊失色。她跄踉一退，竟把崔姥姥手中的托盘给撞得跌落下来，点心撒了一地，托盘也碎了。"哦！"吟霜惊呼一声，就扑下去捡碎片。

　　"大胆！"兰公主一声暴喝。愤怒、羞辱、妒忌、痛楚……各种情绪汇合在一起，像一把大火，从她心中迅速地燃烧起来，"你是什么人？说！"吟霜被公主这一声暴喝，吓得全身发抖，这一抖，手中碎片把手指也割破了，血，立刻沁了出来。

"呀!"皓祯惊喊,本能地就要往吟霜处冲去,小寇子连滚带爬,匍匐进来,拦住了皓祯。

"回公主!"小寇子对公主急急说,"她是新来的丫头,才进府没有几天,什么规矩也不懂,请公主息怒开恩不要跟她计较!""掌嘴!"崔姥姥怒声道,"公主没问你话!你回什么话?"

"喳!"小寇子响亮地应了一声,就立刻左右开弓,自己打自己的耳光。这样的仗势,让吟霜更是惊惶得不知所措,她跪在那儿,只是簌簌发抖,一句话也说不出来。皓祯见小寇子已连续自打了十来个耳光,禁不住大声地喊:

"小寇子,住手!""要打小寇子吗?"皓祯气呼呼地说,"打狗也要看主人!小寇子是我的人,谁要动他,就先动我!"

崔姥姥一惊,低下头去,不敢说话了。

公主见这样,心中更是怒不可遏,她冲上前去,往吟霜面前一站,怒瞪着吟霜,大声说:

"你是谁?给我清清楚楚地报上来!"

"我、我、我……"吟霜的脸色惨白,嘴角发抖。

"大胆!"公主又喝,"什么'我、我、我!'谁给你资格在这儿说'我我我'!""是是是!"吟霜抖得更厉害。

"什么'是是是'?"公主恨声喊,"还有你说'是是是'的份儿吗?"吟霜不知该如何说话了。此时,雪如带着香绮和秦姥姥，快步赶了过来。一见这等状况，雪如已心知肚明，立刻训斥着吟霜说："糊涂丫头，已经跟你说过多少遍了，见着公主，见着王爷，见到我和贝勒爷，都要自称'奴才'，错了一点儿规矩，就是大不敬！还不跟公主请罪求饶！"

吟霜颤颤抖抖地对公主磕下头去。

"奴才……奴才罪该万死，请公主饶命！"

皓祯脸色铁青，气冲冲地想要举步，小寇子死命攥住了他的衣服下摆，遮拦着他。

"公主！"雪如不慌不忙地说，"这吟霜丫头，是我屋里的，才进府不久，还没训练好呢！"

"哦？"公主狐疑地看着福晋，又看着脸色阴沉的皓祯，心中七上八下。一个才进府的丫头？是不是自己太小题大做了？她再定睛看吟霜，好美丽的一张脸，那么楚楚动人，我见犹怜。她略一沉吟，点了点头："原来还没训练好规矩，怪不得呢！"她眼波一转，笑了，声音变得无比的温柔，"叫什么名字呢？""奴……奴才叫白吟霜！"这次，吟霜答得迅速。

"白吟霜！"公主念了一遍，再仔细看了吟霜一眼，就笑着抬眼看雪如，"额娘，您把这吟霜丫头给了我吧！我看她模样生得挺好，一股聪明样儿，就让我来训练她吧！我那公主房，丫头虽然多，还没有一个这么顺眼的！"

"你……"雪如一惊，看公主笑脸迎人，一时间，乱了方寸，不知要怎样回答。皓祯已冲口而出：

"你要她干吗？"吟霜生怕皓祯要说出什么来，立刻对公主磕下头去，大声说："奴才谢谢公主恩典！"

公主伸手，亲自扶起了吟霜。

"起来吧！"吟霜不敢起身。雪如见事已至此，已无可奈何。她飞快地看了皓祯一眼，再对吟霜语重心长地说：

"从今天起，你每天一清早，就去公主房当差！公主这样抬举你，也是你的一番造化！你要好生记着，费力地当差，小心地伺候，尽心尽力地叫公主满意。只要公主喜欢你，你就受用不尽了。你有多大的福命，全看你的造化、你的努力了！懂吗？"

吟霜听出了雪如的"言外之意"，一种近乎天真的"希望"就在她心头燃烧了起来，她拼命地点着头，由衷地、感激地应着："奴才懂得了！"皓祯张嘴欲言，却不知道还能说什么，还能做什么，就这样眼睁睁看着吟霜，被调到公主房去了。

当晚，皓祯就不请自来，到了公主房。公主在满腹狐疑中，也有几分惊喜，几分期待。皓祯四下看了看，吟霜正在房中，好端端地伺候着茶水，伺候完了，公主就和颜悦色地遣走了她。吟霜低头离去以前，给了皓祯极尽哀恳的一瞥，这一瞥中，说尽了她的心事："不可以为了我，得罪公主呀！"

委曲求全。这就是委曲求全。但，"委曲"之后，真能"全"吗？皓祯凝视着公主，心里是千不放心，万不放心。可是，公主那充满笑意的脸庞上，是那么高贵，那么诚恳，那么温柔！"皓祯，"公主坦率地开了口，"今天下午的事，真对不起，看到你对吟霜丫头动手动脚，我就打翻了醋坛子了！我几乎忘了你是这王府里的贝勒爷，从小被丫头们侍候惯了……现在，我已经想通了，如果你真喜欢这丫头，我帮你调教着，将来给你收在身边，好吗？"

皓祯傻住了。注视着公主，竟不知如何接话是好。

"想想看，就算皇阿玛，也有个三宫六院呢！"公主继续说，声音诚诚恳恳的，"与其你到外面，找些我不认识的人，还不如我在府里，为你准备几个人！你瞧，我都想清楚了！你可不要不领情，瞎猜忌我！"

"我、我怎敢瞎猜忌你呢？"皓祯迎视着公主的眼光，心里虽然充满疑惑，嘴里却诚诚恳恳地说着，"你贵为公主，一言九鼎。我们都是皇族之后，也都看多了后宫恩怨。希望在我们的生活中，没有钩心斗角这一套！你坦白对我，我就坦白对你，那吟霜丫头，我确实颇有好感，请你看在我的分上，千万不要为难了她！我对你，就感激不尽了。"

公主怔了怔，做梦也没想到，皓祯居然直承对吟霜丫头，确有"好感"。这种"承认"，使公主心里刺痛起来。表面上，她还必须维持风度，哪有一个公主去和家里的丫头争风吃醋呢？她眼中掠过一丝难以觉察的阴郁，立刻，她收起了受伤的感觉，勉强地堆出一脸笑意："说什么感激呢？你未免言重了！别说你看中一个丫头，就是你看中一个格格，我也该为你娶进门来呀！咱们还在新婚，你好歹给我一点儿面子，等过一年半载，再提收房纳妾的事儿，好不好？"能说不好吗？皓祯毕竟年轻，也毕竟单纯。他忽略了人性，也不了解一个嫉妒的女人，是怎么一种人，一个嫉妒再加失意的女人，又是怎样一种人。当然，他更没防备公主身边，还有个厉害的人物——崔姥姥。皓祯的几句"肺腑之言"，就把吟霜打进了万劫不复的地狱。

第十二章

吟霜从不知道，当丫头是这么艰难的事。

一清早，伺候公主洗脸，就伺候了足足一个时辰。原来，公主不用脸盆架，要吟霜当"脸盆架"，崔姥姥在一旁"指点""调整"脸盆架的高低远近。吟霜双手捧着脸盆，跪在公主面前，脸盆一忽儿要高举过头，一忽儿要平举当胸，一忽儿要伸举向前，一忽儿又要后退三分。这样，好不容易高低远近都调整好了，公主慢吞吞地伸手碰了一下水。

"太烫了！"手一带，整盆水就翻了吟霜一头一脸。

"笨货！"崔姥姥严厉地喊，"快把地擦干了，再去打盆水来。"吟霜匆匆忙忙，再打了一盆水来。

"太凉了！"水又当头淋下了。吟霜知道自己的悲剧已经开始了。但她仍然存着一份天真的想法。公主是太生气了，在这样巨大的愤怒中，报复和折磨的行为是难免的。如果自己逆来顺受，说不定可以感动公主的心。福晋不是已经暗示得很明白了吗？自己的未来，是操纵在公主手里啊！想要和皓祯"天长地久"，这是必付的代价啊！这样想着，吟霜就心平气和地承受着各种折磨。洗脸水在"太热了""太凉了""太少了""太多了"……各种理由下，打翻一盆又一盆，好不容易，盥洗的工作终于完成了，又轮到侍候早餐。当然，餐桌是用不着了，吟霜举着托盘。经过前面的折腾，手臂已酸软无力，虽然拼命忍耐，托盘仍然抖得厉害。碗碟彼此碰撞，铿然有声。崔姥姥怒声呵斥道：

"不许动！"怎能不动呢？于是，整个托盘又被掀翻了。

然后，就轮到沏茶，捧着刚沏出来的、滚烫的青花细瓷茶杯，里面是公主最爱喝的西湖龙井。茶杯才送到公主面前，公主轻轻啜了一口，就生气地将杯子摔到托盘里，茶杯翻了，滚烫的热茶泼了吟霜一手，吟霜慌忙缩手，杯子又打碎了。

"笨！茶沏得太浓了！"

"奴才再去沏！"吟霜忙着收拾碎片，也顾不得烫伤的手。当然，再沏来的茶又太淡了，再度翻了吟霜一手一身。

然后，吟霜学着燃香炉。这香炉是个精致的铜麒麟的嘴张着，香炉里点起了香，烟会从麒麟嘴中喷出来。轻烟袅袅，香雾阵阵，充满诗意，又好看，又好闻。但是，吟霜做这事时，真是胆战心惊，一点儿诗意都没有。把檀香粉撒入香炉中，用火点燃了，再等出了烟雾来，才捧到公主面前，公主恼怒地一推："谁说用檀香？我最恨檀香！我要麝香！"

这回，泼到身上的，是带着火星的香灰。吟霜那件纯白绣牡丹的新衣，已经惨不忍睹，又是茶、又是水、又是灰，还有好些个火星燃起的小破洞。

到了晚上，公主叫掌灯。崔姥姥拿了两支蜡烛来，要吟霜双手，一手举一支蜡烛。公主坐在卧榻上慢悠悠地看书，烛油就一滴一滴地滴在吟霜手上。不敢喊痛，不敢缩手，连大气都不敢喘一声。吟霜一任烛油点点滴滴，烫伤了手，也烫伤了心。香绮再也看不过去，膝行到公主面前：

"公主！请让奴才代替吟霜姐捧蜡烛！"

"大胆！谁说你可以进来？"公主大喝了一声，眼光一转，看到吟霜满脸焦急，就嘴角一撇，笑了起来，"也罢，我正嫌烛光不够亮，既然你想帮忙，就再拿两支蜡烛来！"

这样香绮也捧着蜡烛，一齐当"烛台"了。

从早上折腾到晚上，吟霜早已是披头散发，狼狈不堪，公主也累得七荤八素，没力气再出新招了。把吟霜叫到面前，紧紧地盯着她，公主坦率地问：

"你是不是想找机会，到额驸面前去告状呢？"

"奴才……奴才不敢！"

"你给我听清楚！"崔姥姥在一边说道，"在这王府里头，虽然王爷和福晋是一家之主，但是，大清的规矩，指婚以后，先论皇室的大小，再论家庭的长幼，所以呢，公主才是这个府里地位最尊贵的人！别说你只是个丫头，就算额驸、王爷、福晋，对公主也要礼让三分！假若公主真的生气了，府里所有的人，都不会有好日子过的！"

"奴才、奴才知道了！"吟霜急急地说，知道崔姥姥并非虚张声势，说的都是实情。如果公主真的豁出去了，恐怕皓祯也要遭殃。这样一想，她就更加惶恐了。

"你知道了，你就想想清楚！"公主说着，眼神凌厉，"只要额驸有一丝一毫的不痛快，我会看着办的！留你在府里，已经是你的造化！你可别不知好歹！去胡乱搬弄是非！"

"奴才绝不会搬弄是非，绝不会。"吟霜诚挚地说，"奴才只一心一意地想在公主跟前当差，既然当不好，责打受罚，也是罪有应得，除了惭愧不已，别无二心！"

"这样最好！"公主哼了一声，"去梳梳洗洗，弄弄干净，别让额驸看到你这副鬼样，还当我欺负了你！"

"是！"吟霜赶快行礼退下，匆匆忙忙地去梳洗了。

这样，吟霜见到皓祯时，是一脸的笑，一脸的若无其事，只是拼命把他推出房，不敢"接待"他。皓祯虽然一肚子的狐疑与不安，却一时间，抓不住任何把柄。事实上，自从吟霜进了公主房，皓祯想见吟霜一面，就已难如登天。再加上皇上最近的差遣特多，这"御前行走"的工作也多而忙碌。每天从朝中退下，已经晚上，再去公主房，不一定见得着吟霜，却因去了公主房，而必须"歇下"，这才是另一种折磨。尤其，不知吟霜会怎么想。一连好几天，真正知道吟霜备受苦难和折磨的，只有香绮。这小丫头反正跟着吟霜，吟霜受折磨时，她总是沉不住气，要上前"替罪"，公主以为她们是亲姐妹，见这样的"姐妹情深"，心里也不是滋味。折磨一个和折磨一双差不了多少，香绮就跟着遭殃。

这天下午，阿克丹和小寇子都没跟皓祯上朝，因为已有王爷身边的侍卫们随行。两人就坐在王府的"武馆"中喝茶，一面悄声谈着吟霜，两人都非常担忧。这"武馆"是"谙达"们休息练功，训练武术的地方，一向是丫头们的禁地。"谙达"就是满人"师父"的意思。两人正谈着谈着，忽然看见一个小丫头，飞奔着闯进武馆，嘴里乱七八糟地、气急败坏地大叫着："阿克丹！阿克丹！救命呀！……阿克丹……"

阿克丹和小寇子都跳了起来，定睛一看，来人是香绮。香绮发丝凌乱，面色惨白，汗流浃背，已跑得上气不接下气。

小寇子惊愕地问："香绮！你怎么来了？"

"快去救吟霜姐呀！"香绮紧张地喊，眼泪已滚滚而下，"公主在对她用刑呀！""用刑？"阿克丹大眼圆睁，浓眉一竖，"什么叫用刑？怎么用刑？""先跪铁链，吟霜姐已经吃不消了！现在，现在……现在叫传夹棍，要夹吟霜的手指呀……"

"夹棍？"小寇子不相信地问，"公主要对白姑娘用私刑吗？""可恶！"阿克丹一声暴吼，拔腿就往公主房狂奔。

小寇子没命地去抱住阿克丹，急急地喊着：

"冷静冷静！公主房不能硬闯呀！咱们去禀告福晋吧！你不要去呀！不行不行呀……"

阿克丹一脚踹开了小寇子，怒吼着说："等你这样慢慢搞，白姑娘全身的骨头都被拆光了！贝勒又不在府里，我不去谁去？我豁出去了！"

阿克丹一面喊着，已一面冲往公主房。小寇子眼见拉不住，拉着香绮就直奔福晋房。

在公主房的天井中，吟霜十个手指，都上了夹棍，痛得汗如雨下。她呻吟着，哀唤着，颤声地求饶着：

"饶了奴才吧！求求你，我再也受不了了！请你，再给我机会，让我努力地去做好……"

"你到现在还不明白吗？"公主恨恨地说，"你怎么做都做不好，你真正的错，是不该存在，更不该进入王府！"公主看着行刑的太监们："给我收！"

夹棍一阵紧收，吟霜十个手指，全都僵硬挺直，痛楚从手指蔓延到全身，她忍不住，发出凄厉的哀号：

"啊……"就在此时，公主房的房门，被一脚踹开了，阿克丹巨大的身形，像一阵旋风般卷进，在宫女、太监、侍卫们的惊呼声中，他挨着谁，就摔开谁，一路杀进重围。直杀到吟霜身边，他抓起了两个行刑的太监，就直扔了出去，两个小太监跌成一团，哇哇大叫。在这等混乱中，公主早吓得花容失色。崔姥姥飞快地拦在公主面前，用身子紧紧遮着公主，慌张地喊着：

"快保护公主呀！有刺客呀！有刺客呀……"

阿克丹三下两下，就卸掉了吟霜手上的夹棍，吟霜身子一软，坐在地上，把双手缩在怀里，站都站不起来。阿克丹一转头，直眉竖目地看了公主一眼，就对公主直挺挺地跪下，硬邦邦地磕了一个头。"奴才不是刺客，奴才名叫阿克丹，是府里的谙达，负责武术教习的！"阿克丹洪亮有力地说着，双手握着夹棍向前一伸，"哗啦"一声用力拉开，"奴才愿意代白姑娘用刑，恳请公主恩准！"兰公主睁大了眼睛，不敢置信地瞪着阿克丹，在饱受惊吓，又大感意外之余，简直连话都说不出来了。

此时，雪如一手扶着香绮，一手扶着小寇子，后面跟着秦姥姥，颤巍巍地赶来了。宫女、侍卫、太监、丫头们全忙不迭地屈膝请安，一路喊了过去：

"福晋万福!"公主还没缓过气来,雪如已经站在她面前了。

"公主请息怒!"雪如喘着气,直视着公主。那份"福晋"的尊贵,就自然而然地流露出来,压迫着公主了。"这阿克丹在府中三代当谙达,是王爷的左右手。皓祯六岁起,就交给阿克丹调教,皓祯视他,如兄弟一般。此人性格直爽,脾气暴躁,凡事直来直往,想什么就干什么。今天得罪了公主,固然是罪该万死,但,请看在王爷和皓祯的分上,网开一面!要怎么处罚,就交给我办吧!不知公主,给不给我这个面子?"

公主心中一慌,面前站着的,毕竟不是吟霜或奴才,这是皓祯的亲娘呢!是自己的"婆婆"呢!她勉强咽了口气,轻声地说:"额娘言重了!""那么承情之至!"雪如立刻接着说,"这吟霜丫头,我也一并带走了!""这……"公主嘴一张,身子往前一冲,想要阻止。

"没想到这吟霜丫头,如此蠢笨!"雪如不给她开口的机会,就面罩寒霜,十分威严地说,"居然把公主气得对她用夹棍!她原是我房里的丫头,没调教好,也是我房里出的差错!我不能再让她在公主面前,频频出错,惹公主生气!阿克丹!你还不'跪安',杵在这儿干吗?"秦姥姥响亮地应了一声"是",急忙上前去搀扶起吟霜。而阿克丹更加响亮地"喳"了一声,就磕下头去。

"好了,不打扰公主!咱们告退了!"雪如说着,弯身行礼，带着吟霜、秦姥姥、阿克丹、小寇子、香绮等人，就浩浩荡荡地离去了。公主眼睁睁地看着雪如把人给救走，她只是睁大眼睛，拼命吸着气，脑子里一团乱，简直理不出一点儿头绪来。怎么？一个新进门的丫头，竟有皓祯垂怜，阿克丹舍命相护，还有福晋出面救人！她怎有这种能耐？她到底是谁？到底来自何处？有什么背景身世呢？

第十三章

吟霜被带到福晋房里。

雪如注视着遍体鳞伤的白吟霜，几乎不相信自己的眼睛。卷起吟霜的衣袖、裤管，她迫不及待地去检查她身上的伤痕，片片瘀紫，点点烫伤，处处红肿……还有那已迅速肿起来的十根手指头！雪如心里，像有根绳子重重一抽，抽得五脏六腑都痛楚起来。怎会发生这样的事？那公主，好歹出身皇室，自幼也是诗画熏陶，受深闺女训，自然该懂三从四德，怎么出手如此狠毒？雪如一面一迭连声叫秦姥姥和丫头们拿金创药、拿定神丹、拿热水、拿棉花……一面捧着吟霜的手，就不住地吹气。水捧来了，药也拿来了，雪如又亲自为她洗手擦药。嘴里不由自主地，疼惜地低喊着：

"这个样子，也不知道有没有伤筋动骨，要不要传大夫？秦姥姥，要不要传大夫呀？"

"不要不要，千万不要！"吟霜急切地喊着，"我的手指都能动，身上也只是些皮肉小伤，千万不要传大夫，如果给贝勒爷知道了，会闹得不可开交的！"吟霜说着，就拼着命活动着手指头，给雪如看。雪如心里一惊，吟霜说得确实有理，这事必须瞒过皓祯，否则后果不堪设想。她紧紧地凝视着吟霜，这冰雪聪明、兰质蕙心的女孩儿，即使出身在江湖百姓家，却赛过名门闺秀！

"吟霜啊！"她忍不住激动地说，"我太难过了！我应该多护着你一些的！不说是为了皓祯的缘故，单讲我心里头对你的感觉吧！已经从认可，到了喜爱与疼惜的程度，说什么我都有责任要保护你呀！"吟霜听得又感动又感激，看着福晋，心里热烘烘的。

"可我做了什么了？"雪如自责地继续说，"我总以为公主是有身份有地位的人，不会对你做出太离谱的事来，这才把你交给了公主，没料到她竟会下手如此狠毒！想想看，万一我凑巧不在府中，你和阿克丹，只怕都已成刀下亡魂！这，想来我就毛骨悚然了！""您不要自责吧！"吟霜急急接着，惶然得不知所措了，"是我太不争气，太没有用嘛！以致公主恨我入骨，跟我形同水火，落到现在这个地步，惊动了您的大驾！您居然亲自为我出头，冒险得罪公主，不顾婆媳失和……我真不知道凭什么得您如此眷顾，如此爱护，又凭什么让大家都舍身为我，联手护我。我……我……"她说着说着，泪珠已夺眶而出，"我太感动了！我真的太感动了！"

"听我说！"雪如心疼地把吟霜拥入怀中，"你的苦难到今天为止！从今儿起，我一肩扛下来了，在我心底，你就是我的儿媳妇儿了！我再也不让你去公主房！公主要怪罪，就让她怪罪我吧！"听到雪如这句"在我心底，你就是我的儿媳妇儿了！"吟霜又惊又喜，整颗心就像一张鼓满风的帆，漂向那浩瀚的、温柔的大海里去了。那份喜悦和满足正如同大海中的潮水，滚滚涌至，把手指上的伤痛，身体上的折磨，都给淹没冲刷得无影无踪了。这天晚上，皓祯兴冲冲地来到了静思山房。小寇子、阿克丹紧跟在他身后，拎着食篮，里面又是酒，又是菜，又是各种精美小点心。"吟霜！"皓祯笑着去抓吟霜的手，吟霜轻轻一闪，他只抓到她的衣袖。"我娘告诉我，她又把你从公主房要了回来。太好了！把你放在公主身边，我真是千不放心、万不放心，要见一面，比登天还难！害我这些日子，过得乱七八糟！现在，好了！你又回到静思山房里，我们一定要好好庆祝一下！来来来！来喝酒！"他又要去抓她的手，她再度轻轻闪开，微笑着说：

"别拉拉扯扯的，喝酒就喝酒嘛！"

"怎么？"他一怔，"几天不见，你憔悴了不少！身体不舒服吗？受了凉吗？""哪有？"她急急接道，喊香绮、喊小寇子、喊阿克丹，"来啊！咱们把酒茶摆起来，让我侍候贝勒爷喝一杯！"她慌忙去提食篮，摆餐桌。但，那肿胀的手指实在不听使唤，一壶酒差点没掉到地下去。香绮和小寇子都奔上前来，拿碗的拿碗，拿壶的拿壶。好不容易坐下了。皓祯看着吟霜，尽管憔悴消瘦，那眉尖眼底，却满是春风呀！他未饮先醉，斟满了杯子，就连干了三杯。酒一下肚，心潮更加澎湃。这样的夜，已经好久都没有了。窗外月光把柳树的枝枝丫丫投射在窗纱上摇摇曳曳。窗内，烛光照着吟霜的剪水双瞳，闪闪烁烁。他深深地啜了一口酒，趁着酒意，醺醺然地说：

"吟霜！我想听你弹琴！"

"弹琴？"香绮正斟着酒，酒杯砰然落在桌上，"不可以！不可以……""弹琴？"小寇子正帮皓祯布着菜，筷子哗啦掉落地。"弹什么琴？弹什么琴？"在门口把风的阿克丹也冲进了室内。

"不能弹琴！"他气呼呼地，直截了当地喊，"贝勒爷可以走了，改天再来！""怎么了？"皓祯狐疑地看着众人，"我很想听吟霜弹琴，你们一个个是中了邪吗？吟霜！"他看着她，"我最喜欢你弹那首《西江月》，以前在帽儿胡同，咱们每次喝了酒，你就弹着唱着……自从你进府，那种日子，反而变得好遥远了……"

吟霜站起身子，转身就去拿了琴来。

"那么，我就再为你弹一次！"

"小姐!"香绮惊呼,"你不要逞能了吧!"

"贝勒爷!"小寇子对皓祯又哈腰又请安,"福晋交代,你不能在这儿久留,请回房吧!"

"是!"阿克丹大声接话,"早走为妙!"

"什么早走为妙?"皓祯生气了,对大家一瞪眼,"整个府里,没有一个人了解我,没有一个人体会我的心吗?此时此刻,你们就是用一百匹马,也休想把我拖出这静思山房……""叮叮咚咚",一阵琴弦拨动,琴声如珠落玉盘,清清脆脆地响了起来,打断了皓祯的怒吼。满屋子的人,都静默无声了,每个人的眼光,都落在吟霜身上。

吟霜拨着弦,十根手指,每个指尖都痛得钻心。她含泪微笑,面色越来越白,额头沁出汗珠。琴声一阵缭乱,连连拨错了好几个音,额上的冷汗,就大颗大颗地跌落在琴弦上。

香绮扑过去,把吟霜一把抱住,哭着喊:

"不要弹了!不要弹了!"

皓祯震动极了,愕然地瞪着吟霜,然后,他一个箭步冲上前来,拉开了香绮,直扑向吟霜。把吟霜正往怀里藏去的双手,用力地强拉出来,然后,他就大大一震,整个人都呆住了。吟霜那双手,已经不是"手"了。十根手指,全肿得像十根红萝卜,彼此都无法合拢。药渍和瘀血,遍布全手,斑斑点点。而那十个指甲,全部变为瘀紫。

"吟霜！"好半晌，他才沙哑地痛喊出来，"你发生了什么事？"他的目光，锐利而狂怒地扫过香绮、小寇子、阿克丹。"你们一个个，这样隐瞒我，欺骗我！你们都知道她受了伤，才一直催我走，阻止她弹琴，但是你们没有一个人要告诉我真相！"他咆哮着，"你们好狠的心！你们气死我了！"

"扑通"一声，小寇子跪了下去：

"是福晋的命令，咱们不能不瞒呀！"

"我明白了！我都明白了！"皓祯脸色铁青，两眼瞪得像铜铃，里面冒着燃烧般的火焰，"怪不得额娘会把吟霜讨回来！原来如此！这手指是什么东西弄的？夹棍吗？是夹棍吗？"他大声问，不等回答，他猝然抓住吟霜的手腕，把她的衣袖往上一捋，露出了她那伤痕累累的胳膊。

皓祯死死看着这胳膊，好半晌，不动也不说话。然后，他双手用力握拳，"砰"的一声捶向墙去，嘴里发出野兽受伤般的一阵狂噪："啊……"这声狂叫把全体的人都震撼住了。吟霜噙着满眼泪，哀恳地瞅着皓祯，不知如何是好。

"你弄得这样伤痕累累，却叫我完全蒙在鼓里！"他大叫出声，"你不是浪迹街头、无依无靠的白吟霜，你是身在王府，有我倚靠的白吟霜！你却弄成这个样子！今天就当我是咽下最后一口气，无法保护你！那也应该还有阿克丹，没有他还有小寇子，还有香绮……"他一个个指过去，眼中喷着火，"就算大家统统死绝，无以为继了，还上有皇天，下有后土呀！"他一脚踹开了脚边的一张凳子，厉声大喊："香绮！"

"贝勒爷！"香绮跪在地上，哭着，簌簌发抖。

"你给我一个一个说清楚，这每个伤痕，是从哪儿来的？"

于是，这天深夜，整个公主房都骚动了。

皓祯气势汹汹地来了，一路把太监侍卫们全给挡开，杀气腾腾，长驱直入。公主还没有入睡。白天的事，仍萦绕脑际。吟霜被福晋救走了，自己尽管贵为公主，却拿福晋无可奈何。公主恨在心头，气在心头，却完全失去了主张。连计策多端的崔姥姥，也乱了方寸。兰馨这一生，珠围翠绕，享不尽的荣华富贵，虽然自幼娇宠，但也读过四书五经，学过琴棋书画。在嫁到王府来以前，她就听过皓祯的故事，对自己的婚姻，充满了遐思绮想。嫁进来以后，见皓祯果然是个文武双全的翩翩佳公子，自己这颗心就热烘烘的，连同自己那白璧无瑕的身子，一起奉献给皓祯了。这种"奉献"，对她来说，是"完完整整"的，是"纤尘不染"的，也是"毫无保留"的。但是，这样的"奉献"，却换得了什么？在不知道有吟霜此人时，她还能自我排解，把皓祯的冷淡解释为

"不解风情"。发现吟霜的存在，她才真是挨了狠狠一棒，原来皓祯身上也有热情，这热情的物件竟是府里的一个丫头！她在嫉妒以外，有更深更重的受伤，她的身份被侵犯了，自尊被伤害了，连尊严都被剥夺了。"她不过是个丫头呀！"兰馨对崔姥姥不住口地问，"怎么有这么大的魔力呢？如果我连个丫头都斗不过，我还当什么公主呢？我的脸往哪儿搁呢？"

"公主别急，公主别生气，"崔姥姥一迭连声说，"咱们再想办法！""人都被福晋带走了，咱们还有什么办法？"

"办法总是有的，你还有皇阿玛呢！"

"你糊涂！"公主一跺脚，"这闺阁中的事，也能去跟皇阿玛讲吗？要丢脸，在王府里丢就够了，难道还要丢到皇宫里去？"崔姥姥连忙应着，又转过语气来安慰公主："我看那吟霜丫头，弱不禁风的，是个福薄的相，哪有公主这样高贵！想那额驸，对吟霜丫头，顶多是有些心动罢了，不可能认真的！这男人嘛，总是风流些，等他知道你在生气以后，他衡量衡量轻重，也会想明白的！你别慌，他一定会来赔罪的！你瞧吧！"崔姥姥话未说完，皓祯确实来了。他一路乒乒乓乓，见人推人，见东西推东西，声势惊人地直闯进来。崔姥姥大吃一惊，才拦过去，已被皓祯一声怒吼喝退：

"你退下去！我有话要和公主说！"

他三步两步，冲到公主面前。横眉竖目，眼中闪耀着熊熊怒火，咬牙切齿地开了口：

"我统统都知道了！关于你虐待吟霜的种种阴毒手段，我统统知道了！你的所作所为令人发指，令人不齿！我简直难以置信，天底下居然有你这种恶毒的女人，而这个女人正是我的妻子，如此无品无德，你已经不只令你的丈夫蒙羞，也令整个皇家宗室蒙羞！"公主踉跄一退，脸都气白了，身子都发抖了。"你……你疯了？胆敢这样子教训我！她不过是个丫头，我要打要骂，都任凭我！而我是公主，是皇上指给你、名正言顺的妻子呀！"公主颤声说。

"对！论名分、论地位，你是天，她是地！可是论人格、讲性情的话，她是天，你是地！"

"住口住口！"兰馨受不了了，大声叫着说，"你和她到底是什么关系？你这样处处护着她？今天你母亲、你身边的人全现形了，你也原形毕露！你说你说，她到底是从哪里跑来的贱人？""不许你这么骂她！"皓祯狂怒地大吼了一声，"你要知道她是我的什么人吗？我就老实告诉你吧！她是我心之所牵、魂之所系，是我这一生最重要的一个女人！"

公主像被一个闪电击中，脸色惨白，眼睛瞪得大大的。

"你说什么？"她不相信地问。

"对！"皓祯豁出去了，一字一句，清晰而有力地说，"她是我的女人！是我所爱的女人！如果你能容纳她，我和你那婚姻还有一丝丝希望，偏偏你不能容纳她，这样百般欺负她，你不是置她于死地，你根本是置我于死地！"他站在她面前，眼睛直勾勾地瞪着她，"你听明白！你再想想清楚！你尽可高高在上，当你的公主，放她一马！井水不犯河水，过你的荣华富贵，太平日子！如果你不肯，定要除之而后快，你就把我一起除掉吧！"公主又惊又怒，又痛又恨，睁大了眼，激动万分地喊了出来："你威胁我？你这样子威胁我？为了那个女人，你居然半夜三更闯进来，对我极尽羞辱之能事！"她抽着气，泪珠夺眶而出。"皇阿玛被你骗了！什么智勇双全，什么才高八斗，全是假的！假的！假的！假的……"她一口气喊了几十个"假的"，喉咙都喊哑了，泪珠如雨般滚落，"皇阿玛误了我！我把什么都给了你，现在已经收不回来……皇阿玛！"她抬头向天，"你误了我！"这句"皇阿玛，你误了我"使皓祯一震，看到兰馨那盛妆的面庞，已经泪痕狼藉，心中也掠过了某种恻恻之情。他闭了闭眼睛，深抽了口气，哑声说：

"这种皇室的指婚，向来由不得人，是误了你，也误了我！如果你我都没有那种勇气在一开始就拒绝错误，但求你我都能有某种智慧，来解今日的死结！否则，这个悲剧，不知要演到何年何月……"

他长叹一声，掉头走了。

兰馨公主，无助地哭倒在那刻着鸳鸯戏水、刻着双凤比翼的雕花大床上，泪水湿透了绣着百子图的红缎被面。

第十四章

第二天一清早，兰公主就带着崔姥姥、宫女、太监们一大队人，浩浩荡荡地回宫了。

这件事再也瞒不住王爷了。事实上，公主回宫这个突发状况，已使整个王府全乱成了一团。王爷在大厅里背着手，走来走去，又惊又急又气。雪如、皓祯、小寇子、阿克丹全被叫齐不说，浩祥和翩翩也来了。皓祥见着皓祯就气急败坏地喊："你是不是想害死我们一家子啊？为一个丫头去得罪公主？你疯了，还是脑子有问题？"

皓祯和皓祥实在不对路，两人谁看谁都不顺眼。

"我和公主，是我自己的事，与你无关！"皓祯气呼呼地说，"我一人做事一人当！"

"你一人当？"皓祥尖声说，"你讲些什么外国话？公主如果生气了，皇上如果怪罪下来，阿玛、额娘、我，哪一个逃得掉？什么叫'连坐'，什么叫牵连'九族'，你懂不懂？你成天'御前行走'，走来走去，连大清王法你都走丢了？"

翩翩见王爷脸色铁青，不住伸手去拉皓祥。

"好了好了，"她悄声说，"有你阿玛在，你就少说两句吧！"

皓祥挣开了翩翩，忍不住怒瞪了翩翩一眼。就是这样！每次自己说话翩翩都要拦！全因为翩翩懦弱，自己这"庶出"的儿子就永无出头之日！"不要吵了！不要吵了！"王爷大声一吼，已知道事情的关键人物，是新进府不久的丫头白吟霜，就一迭连声叫带吟霜。吟霜和香绮匆匆地赶来了，连衣服都来不及换。吟霜自从人府后，在人前不敢穿白色衣服，但人后总是换上素服，以尽孝思。现在仓促赶来，身上仍穿着件月白色的衣裳，只有襟上绣了几只蝴蝶，一条月白色的裙子，只有边缘缀着几朵小花。脸上几乎未施脂粉，头上绾着松松的发髻，插着一支竹制的簪子。看来十分素雅端庄，那样荆钗布裙，仍然有着掩不住的美丽。她脚步踉跄地带着香绮走进大厅，乍见一屋子人，心脏就咚然一声，往地底沉去。皓祯夜闹公主房，公主负气回宫的事，她已有耳闻，如今见王爷满面凝霜，雪如满眼仓皇，她感到"大祸已至"，而自己正是"罪魁祸首"，双腿一软，就对王爷跪下了，香绮也慌忙跪下，双双匍匐于地。

"吟霜和妹子香绮，叩见王爷福晋。"她嗫嚅着。

"抬起头来！"王爷命令着。

吟霜被叫得抬起头，怯怯地瞅着王爷。

王爷眉心微微一皱，他记得这张脸孔，他记得这对眼睛，他更记得这种清灵飘逸的美。

"你是小寇子引进府的，对吧？"

"喳！"小寇子响亮地答了一声，生怕吟霜答出漏洞来，"她是我三婶儿的干女儿，无爹无娘，只有姐妹两个，所以入府，在福晋跟前当差！""哼！"王爷瞪了小寇子一眼，还来不及说什么，皓祥已毛毛躁躁地插进来。"阿玛，这小寇子仗着哥宠他，专门不做好事，咱们府里根本不缺人手，莫名其妙弄个人进来，明眼人一看就知！当丫头是幌子，向主子献美人才是真的吧？"

吟霜听皓祥说得如此难听，本来就已玉容惨淡，此时，脸色就更加苍白了。"你别无的乱放矢！"皓祯气坏了，忍不住对皓祥吼去。

"事实不容狡辩！你和公主还在新婚燕尔，就迷上一个丫头！你有公主还不知足，还要贪恋美色来祸及全家！你难道不知道红颜祸水吗？"皓祯忍无可忍，扑上去就给了皓祥一拳。

翩翩惊叫，满屋人都变色了，王爷不禁大怒，对皓祯怒吼着说："你反了？为了这个女子，你要和全世界为敌吗？"

"如果我必须与全世界为敌，我就只好和全世界宣战！"皓祯挺着背脊，朗声宣告，两眼炯炯然地注视着王爷，"阿玛，额娘，我现在正式向全家宣布，吟霜不再是府里的丫头，我早已把她收房了，所以，她是我的妻妾！就像侧福晋是你的妻妾一样！全家如果再有任何人对她不礼貌，我不会善罢甘休的！本来我要给吟霜一个仪式，事已至此，也不用仪式了……"他走过去，拉住皓祥的衣服，指指吟霜："你看清楚，从今以后，她等于是你的嫂嫂！"

"嫂嫂？"皓祥怪叫着，去看王爷，"阿玛，你就由着他胡来吗？""我怎么胡来了？纳个妾就叫胡来？如果阿玛不曾纳妾，你如何存在？""你……"皓祥气得发抖，握着拳想挥向皓祯。

"住口！住口！"王爷大吼着，瞪视着皓祯，"王孙公子，娶几房妻妾，也是人之常情，但是，没有一个像你这样，闹得满城风雨，全家不宁！如果我再不说你几句，你简直要无法无天了……"吟霜眼见大厅中，兄弟、父子都吼成了一团，自己跪在那儿，真不知道该如何自处。从没料到，自己和皓祯的儿女私情，会弄到王府大厅来公然讨论，那份尴尬和难堪，更是兜心而起。再听到皓祯为了维护她，几乎什么礼貌都不顾了，她就又着急又感动。此时此刻，各种复杂的情绪，像几千几万股奔流，翻翻滚滚地涌上心头，她再也无法控制自己，匍蜀着，往前跪行了两步，对王爷磕下头去：

"王爷！所有的罪过，都是奴才不好！闹得这样阖府不宁，上下忧心，奴才当真罪该万死……请王爷息怒，不要怪罪贝勒爷，奴才但凭王爷处置发落……"

吟霜话未说完，只觉得眼前一黑，顿时天旋地转，人就昏过去了。皓祯大惊，奔上前去，忘形地就抱起了吟霜，只见吟霜面色惨白，双目紧阖，气若游丝，不禁心中大痛。他抬眼看着父亲，急切而痛楚地喊了出来：

"你知道吗？她这些日子，受虐待、受酷刑、受责备，还要受公审、受屈辱……她只是一个弱女子……你们怎容不了她？怎么没有丝毫恻隐之心呢……"

王爷怔着，不知怎的，心里也乱糟糟的，对那吟霜，竟生出某种酸楚的怜惜。而雪如，已跳起身子，一迭连声地喊：

"传大夫！快传大夫！"

大夫来了。在吟霜那静思山房里，大夫为吟霜把了脉，察看了瞳仁、气色，再问了香绮几个问题，大夫就笑吟吟地出了卧房，对雪如和皓祯拱手为礼："恭喜福晋，恭喜贝勒爷，这位少夫人没有大碍，她有喜了！"有喜了？有喜了？有喜了！

雪如和皓祯面面相觑。

"有喜了？"福晋凝视着皓祯，"有喜了？这表示，硕亲王府，后继有人了？真的？真的？"

皓祯狂喜地转头看大夫：

"你确定吗？""确定确定，大约两个月左右，"他掐指一算，"明年春天，小小王爷就要出世了！"皓祯和雪如再度惊喜地互视。忽然间，雪如内心里的担忧，全都迎刃而解。吟霜有了身孕！这件天大的"喜讯"，就是公主，也没奈何了。在那个时代，"传宗接代"是人生最大的事！有了"身孕"，不止保住了地位，还会抬高身份。雪如深深吸了口气，顿时笑逐颜开，转头急呼：

"秦姥姥，快把吟霜迁到上房里去！""不能迁，不能迁，"秦姥姥急忙说，"有了身孕，不能随便搬迁，怕动了胎气！""那，"雪如急急说，"岂不委屈了吟霜？也罢，快去我房里，把上好的丝被棉褥枕头都抱来，再挑几个能干的丫头和姥姥，送过来侍候吟霜！"

"是！"秦姥姥喜悦地请了个安，掉头就走，"我立刻去办！"雪如太欢喜了。她紧紧地握了一下皓祯的手，急急地说：

"你在这儿陪着吟霜，看她缺什么、要什么，尽管吩咐秦姥姥去办！好好安慰安慰她，教她切莫再伤心难过，有喜了，就什么问题都解决了！可要好好保养身子，珍惜这个小生命！我呢，我这就去向你阿玛报喜！"

当王爷听到这消息时，那种又惊又喜的表情，就再度证实了雪如的看法。不孝有三无后为大！尤其王室对"子嗣"的重视，真是赛过一切！第三代即将来临，王爷怎能不喜上眉梢。"有喜了？有喜了？哈！"他摇着雪如，"咱们岂不是要当爷爷奶奶了？"他脸色一正，"传话下去，从今天起，下人们要改口称呼吟霜'白姨太'，再不能吟霜吟霜地叫了！"

"是！我这就传话下去！"

一时间，王府里忙忙碌碌。一向冷僻的静思山房顿成热闹场所，丫头仆妇，送汤送水，煎药端茶，槛为之穿，恭喜之声不绝于耳。阿克丹、小寇子都成了热门人物，连香绮也成了巴结奉承的对象。这个"喜讯"峰回路转，竟把吟霜的悲剧转过来了。

在吟霜床边，皓祯握着她的手，别说有多么兴奋了。他吻着吟霜受伤的十个手指，一个个吻过去，每吻一下，就说一句"天长地久"。吟霜噙着泪，带着笑，被他弄得神魂皆醉。

"以后，你要改口称我爹为阿玛，称呼我娘为额娘了！"皓祯深情地凝视着她，"你总算名分已定！"

"我……真的可以？"吟霜仍然像做梦一般，不敢相信，"整个王府都会接受我？承认我？我是白姨太？我终于成为你的侍妾：白姨太？""别那么一股受宠若惊的样子！我不能让你成为夫人，已经够心痛了！真恨自己，不能给你更多！"

"我还求什么呢？"吟霜热泪盈眶，激动地说，"能和你朝夕相处，又怀了你的孩子……"她抚着自己的肚子，充满了感情地看着皓祯，"突然间，最美好的事都降临在我的头上，我已经太满足，太快乐了！"

两人彼此相拥，说不尽的浓情蜜意。但，蓦然间，吟霜的害怕和担忧又袭上心头，眼中再度布上了乌云。

"可是，"她战栗地说，"公主已经去宫里告状了，万一皇上怪罪下来，万一公主又不肯饶我……"

"嘘……"皓祯伸出一个手指，压在吟霜的唇上，"现在你唯一要做的事，就是把身子养好，以外的全体交给我吧！我现在充满了信心和勇气，即使面对皇上，我也心怀坦荡！"

吟霜的担忧并非"过虑"，第二天下了朝，皓祯这"御前行走"就被召进了皇上的御花园。

"皓祯，你怎么要这样辜负我呢？""皇上圣明！"皓祯用一种"勇者无惧"的神情，坦然地对皇上"推心置腹"起来，"臣与兰馨公主，闺房失和，弄得皇上要亲自过问，实在是辜负天恩，罪该万死！但是，男女间的事，是人生最最无法勉强的事，我对兰馨抱愧之至！至于牵涉进来的另一个女子白吟霜，与我发生感情，早在婚礼之前。虽然她明知我的婚姻不能自主，将来她毫无名分可言，然而，她全然不计较，她的一片真心痴情，强烈到可以为臣粉身碎骨。这样一个女人，无法不令臣刻骨铭心。如果'情有独钟'也是一种罪过，我只有以戴罪之身，听凭发落！"

皇上怔住了。注视着皓祯，那么慷慨陈词，坦然无惧！皇上实在喜爱这个年轻人。"你这样说，是根本不准备接纳兰馨了？"

"臣不敢！只要兰馨不过问吟霜，臣与兰馨，仍是夫妻！我保证相敬如宾！只怕兰馨不容吟霜，这才会闹得举家不宁，惊动圣驾！""唔！"皇上沉吟着，心里已全然明白，兰馨是打翻醋坛子了。那皇上三宫六院，年轻时，也有数不清的风流韵事。此时，见皓祯俊眉朗目，英姿飒爽，不禁想起自己年轻时代来。想着想着，就无法对皓祯疾言厉色了。"唔！"他再哼一声，"今天，我就姑且原谅你，不过，你自己要有个分寸，你毕竟是额驸，不可让兰馨过分冷落！我不听你那套什么'情有独钟'，只希望你能'处处周全'，这闺阁之中，本就比国家大事还难处理！你好自为之！下次兰馨再哭回家门，我定不饶你！""是！"皓祯松了好大一口气，没料到皇上这样轻易放行。而且，吟霜之事，既已面禀皇上，就更加"姿身分明"了！他喜出望外，恭敬地应着："臣谨遵圣谕，谢皇上宽宏大量，不罚之恩！"皇上不罚，吟霜有喜，硕亲王府里，更是一片喜洋洋了。王爷和福晋，想到哪儿，脸上都是笑吟吟的。只有皓祥，郁闷到了极点，对翩翩掀眉瞪眼，气呼呼地说：

"真奇怪，这皓祯怎么处处抢先我一步！比我早出世，袭了贝勒爵位！比我早结婚，得到额驸身份！连娶姨太太，都比我早一步！现在，又早一步要生儿子了！老天，我为什么那么倒霉呢！我为什么该是'第二'呢？太没天理了！太没天理了！"

第十五章

当兰馨公主，结束了她的归宁，回到王府，才发现吟霜的身份，已有一百八十度的转变。

"白姨太？"公主惊愕地挑着眉毛，瞪大了眼睛，"她已被正式收房？成了白姨太？而且，她怀孕了！她居然怀孕了！"她把手中一个茶杯，哐啷一声掷于地，"皓祯，他欺我太甚！"

崔姥姥急忙过来，又给她拍背，又给她抚胸口，嘴里喃喃叫着"不气，不气"。公主一把攥住崔姥姥，十分无助、十分悲痛地问："为什么？为什么这白吟霜有这么大的力量？能够旋乾转坤？我是公主啊，我怎么就斗不过她？王府里，人人向着她，都没有人向着我！这也罢了，怎么皇阿玛也不为我做主，反而训了我一顿，要我有容人气度，要我宽宏大量……这明明就是叫我和吟霜平起平坐嘛！现在，她居然怀了孕！我看，早晚我会被她压下去！怎么会这样嘛？现在我又该怎么办嘛？"

公主说着，满脸的悲切与茫然。崔姥姥见公主如此，真是又心疼又怜惜，却苦于无法安慰。此时，宫女小玉，在打扫砸碎的茶杯，跪在地上细心地捡拾碎片。一面捡着，一面忍不住插嘴说："公主，奴才听到府里的丫头姥姥侍卫们，传来传去，说了好多关于白姨太的事，不知道该说还是不该说。"

公主一怔，瞪着小玉。

"说！"她的注意力被吸引了。

"是这样的，"小玉怯怯地开了口，压了声音，"大家都说，那东跨院，也就是静思山房，自从白姑娘住进来以后，就常常看到白色的人影飘来飘去。这白姑娘姓白，名字叫'吟霜'，好像都和'白'字有关。据说，那白姑娘还绣了一个绣屏给额驸，绣屏上是只白狐狸。公主一定知道额驸小时候，捉白狐、放白狐的事……所以，大家都说，这白姨太不是人，是……"她四面看看，生怕那"白"什么的会"无所不在"，声音更低了，"是……是'大仙'哩！"

那是一个盛行鬼狐之说的年代。人们相信鬼，相信神，最奇怪的事，是相信"狐狸"会变成"大仙"。

"大仙？"公主脱口惊呼，不禁浑身打了个寒噤，"她是大仙？""别胡说！"崔姥姥忙打断，叱骂着小玉，

"那是民间小老百姓才去相信的！这王府里面，上有公主，下有王爷福晋，都是福厚高贵之命，那些牛鬼蛇神，怎能近身？别在这儿捕风捉影，妖言惑众！""是！"小玉忙叩头，想退下去。

"不忙！"公主回过神来，急声喊，"你还听到什么，都说出来！""是！"小玉又应着，四面张望了一下，"还听说，这白姨太就是当日放生的白狐，化成人形，要来'送子报恩'！""送子报恩？"公主失声重复了一句。

"是啊！要不，才进府没多久，就从丫头摇身一变，成了白姨太，不是太神通广大了？这会儿，又有了喜，大家说，大家说……""说什么？"公主大声问。

"说白姨太，一定会生个儿子！"

公主腿一软，跌坐在椅子上。眼光直勾勾地瞪视着墙上的一幅画，视线并没有停在画上，而是穿过了画，透过了墙，落在遥远的，不知名的地方。那儿在旷野，有草原、有皓祯、有白狐……白狐一步一回首，乌黑的眼珠，正是吟霜的眼珠……小玉退下了。崔姥姥见公主神思恍惚，目光迟滞，心中就慌了。这兰馨公主是崔姥姥从小带大的，身份是主仆，感情却胜过母女。她急忙忙去倒了杯水来，给公主喝了，见公主仍是神不守舍，就拉着她的胳膊，摇了摇她，急急地说：

"你千万不要听信这些谣言，你想想看，那白吟霜怎会是大仙呢？如果她是大仙，先前咱们整她的时候，也不见她施展什么本领啊！水淋她，针扎她，蜡油烫她，夹棍夹她……她何必乖乖受罪，尽可以作法呀！是不是？"

公主怔忡地想了想，面色灰白。

"但是，她还是赢了，不是吗？我拿她一点儿辙没有，不是吗？""不不！还有办法的！"崔姥姥长长一叹，"现在，只好放开白吟霜，也放下你公主的身段，用尽功夫，先挽回额驸的心！""挽回？"公主愣然地眨着大眼，"我甚至好怀疑，我曾经拥有过他的心吗？如果根本不曾拥有，现在又谈什么挽回呢？"

"快别说这样丧气话！你是正室，她是偏房，你的出身是公主，她的出身是丫头，如果你也有了孩子，这'正出'和'庶出'，距离就大了！所以，当务之急，是也要怀孕才好！"

"怀孕？怀孕？"公主脸色一沉，眼光阴暗，悲愤地喊出来，"怀孕是一个人就能怀的吗？人家好歹是有了，我呢？早先尚未撕破脸的时候，闺房中就已经是推三阻四、勉勉强强的了，现在可好，一切都挑明了，人家更是专房之宠了……我怎么怀孕啊？"公主说着，羞愤和委屈一齐掩上心头，捂着脸就哭了。"不伤心，不伤心！"崔姥姥拍着公主，"咱们等机会，等机会，只要机会来了，说不定旋乾转坤的，就是咱们了！"

公主看看崔姥姥，心中充满了苦涩、难堪、羞恼和无助。"天啊！"她喊着，"我怎么会落到这个地步？跟一个丫头争丈夫，还要等机会！我怎么会堕落到这种地步呢？"

崔姥姥心痛极了。"等着瞧吧！"她低低咕哝着，"总有一天，会给咱们逮着机会的！路还远着呢！等着瞧吧！"

机会真的来了！而且来得太出人意料，这个"机会"，把整个王府，又都震动得天下大乱了。

这天，已是八月十四，中秋节的前一天。在硕亲王府中每年到了这个日子，府中会大宴宾客，王府中的戏班子、舞蹈班子都登台演出，府中有身份的女眷，她都能坐在台下，和宾客们一起享受听戏的快乐，是个阖府同欢的日子。当然，男宾和女眷是要分开坐的，中间用屏风隔开。

这晚，吟霜初次以"如夫人"的身份，被雪如带在身边，参加了这场盛会。坐在台下，她穿着新缝制的红色衣裳，梳着妇人头，发髻上簪着珍珠镶翠的发饰，容光焕发，明眸似水，真是美丽极了。公主虽坐在她的上位，也是珠围翠绕，前呼后拥，但，不知怎的，她就觉得自己被吟霜给比下去了。尤其吟霜脸上，绽放着那样幸福和安详的光彩，简直让人又忌又恨！吟霜见到了公主，倒是惴惴不安，毕恭毕敬的，又请安又屈膝。公主脸上却不得不堆着笑意，一来维持风度，二来要示惠给皓祯，真是几千几万个"无可奈何"！

台上，一场热闹的孙悟空大闹天宫才闹完，孙猴子和众武生一连串漂亮的筋斗云翻下场。台下宾客们大声叫好，掌声雷动。下面要换戏码，客人和女眷们都乘机走动走动，添茶添水。就在此时，戏园外，侍卫大声唱着名：

"多隆贝子驾到！"皓祯吓了一跳，霍然站起。隔着屏风的吟霜，已惊得花容失色，手中的一个茶杯，差点掉落地，茶水竟洒了一身，香绮慌忙上来擦拭。公主诧异地看着吟霜，不知她何以如此失态。还没转过神来，皓祥竟领着多隆，走到屏风这面来了，皓祥以讨好的声调，朗声报着：

"启禀公主，多隆贝子求见，跟公主请安！"

公主眉头一皱，正要挥手说不必，却一眼看到吟霜直跳起来，脸色大变，身子往香绮背后躲去。公主疑心顿起，立刻转了语气："进来吧！"多隆跨了进来。他和公主，原是嫡亲的表兄妹。当初如果不是皓祯锋芒毕露，雀屏中选，这"额驸"的地位，也很可能落在他身上的。他走了过来，对公主甩袖子，跪下，磕头。"臣多隆，叩见公主！"

"起来吧！""谢公主恩典！"多隆站起身来，抬头一看。吟霜避无可避，用袖子往脸上遮去。同时，皓祯带着阿克丹和小寇子，也急急地绕到屏风这面来了。"请多隆贝子，到这边来入座！"小寇子大声说，"别惊扰了公主！""有什么惊扰不惊扰的！"公主看到小寇子就有气，

"多隆是自家表兄弟，不必见外，就在这儿入座吧！"

"谢公主恩典！谢公主恩典！"多隆大喜过望，一迭
连声地说着。已有小太监端过一张凳子来，多隆就侧身
坐下，喜滋滋地东张西望。吟霜这一下急坏了，真恨不
得有个地洞可以钻。王爷好不容易承认了自己，但却从
不知自己曾行走江湖，酒楼卖唱。她真不敢想，万一穿
帮，会怎么样。

"吟霜！"公主的声音冷冷地响了起来，"你挡着我
了！你不坐下，站在那儿做什么？"

"是！是！"吟霜轻哼着，遮遮掩掩地往回坐。

吟霜？多隆大吃一惊，定睛对吟霜看去。皓祯已一
步跨上前来，伸手搭在多隆手腕上：

"虽是亲戚，男女有别！请到这边坐！"

怎的？公主已经"赐坐"，你这额驸还不给面子？多
隆心中有气，再抬眼看那"吟霜"，这一下子，什么都明
白了！他跳了起来，直视着吟霜，怪叫着嚷开了："吟
霜！白吟霜，原来你已经进了硕亲王府！你害我找遍了
北京城！""放肆！"阿克丹直冲上前，伸出巨灵之掌，就
要去抓多隆，"白姨太的闺名，岂可乱叫，跟我出去！"

"你才放肆！"公主一拍桌子，站起身来。这阿克丹
好大狗胆，上次杀入公主房中，现在又直闯女眷席。公
主本是冰雪聪明，现在，已料到这多隆和吟霜之间，定
有隐情，心中就莫名地兴奋起来。跨前一步，她指着阿

克丹，声色俱厉地大声说："这是反了吗？胆敢在我面前如此张狂！来人，给我把侍卫统统叫来！看谁还敢轻举妄动！"她抬眼看多隆，沉声说："多隆，你不要害怕，尽管告诉我，你可认得吟霜吗？"

多隆得到公主的"鼓励"，更是得意忘形，和皓祯的新仇旧恨，正可以一起总算！于是，他在福晋面前，在赶过来一看究竟的王爷面前，在皓祯及吟霜面前，他就呼天抢地地喊开了："这吟霜原是我的人呀！她在龙源楼唱曲儿的时候，已经跟我了，我还来不及安排她进家门，她就失踪了！原来，是被皓祯抢了去……"他直问到吟霜面前："吟霜，你怎可这样朝秦暮楚，得新忘旧！"吟霜面色雪白，嘴唇簌簌发抖，又惊又气之余，一句话都说不出来。皓祯怒吼了一句：

"多隆！你血口喷人！无中生有！我跟你拼了！"

公主往前一拦。"事关王府名声，非同小可！"公主转头去看王爷，眼光锐利如刀，"阿玛，你能不闻不问吗？你要被欺瞒到几时呢？"

王爷已震惊到了极点，也恼怒到了极点。

"立刻给我把吟霜带上楼去，你们一个个……"他指着皓祯、小寇子、阿克丹、多隆，"全跟我来！"

于是，连夜之间，王爷和公主，在王府"怀远楼"的一间密室中，夜审吟霜。楼上，楼下，都排排站着公主的侍卫，把房间团团包围着，气氛森严。崔姥姥不声不响地站在房门口，靠着墙边，一双眼光却锐利地投射在吟霜身上。雪如带着秦姥姥，站在房门的另一边，雪如心急如焚，她虽然知道吟霜的出身，但对多隆的"指证"，仍然吓得心神大乱。出于对吟霜的喜爱，更出于那份本能的信任，她不相信多隆的话。但是，多隆把吟霜的身份拆穿了，雪如也难逃"欺瞒"的责任！何况，这多隆言之凿凿，字字句句，如判了吟霜的死刑，雪如实在听得惊心动魄。

"回公主，回王爷，这白吟霜原是龙源楼的卖唱女子，皓祯曾经为了抢夺她，在龙源楼对我拳脚相向！此事由不得我胡说八道，龙源楼的徐掌柜和店小二都亲眼目睹！我功夫不如祯贝勒，爵位也不如他，但这白吟霜早就委身于我……"

"多隆！"皓祯一声狂叫，冲过去就勒住多隆的脖子，"你这样信口雌黄，你居心险恶，太卑鄙了……"

多隆躲都躲不及，被勒得直呛直咳，公主怒拍椅子扶手，厉声说："来人来人！快去制住额驸！"

好几个侍卫应声而入，七手八脚地扯开了皓祯，皓祯涨红了脸对多隆继续愤怒地大喊：

"我知道你得不到吟霜，心有未甘！你害她还不够惨吗？你杀了她的父亲，害她骨肉分离，家破人亡……现在还要这般羞辱她，你不怕举头三尺，神明有眼？！"

王爷大踏步走上前来，抬头痛心已极地看了皓祯一眼，就掉头去看那跪在地上的吟霜，森冷地说：

"谁都不要再说话！吟霜！抬起头来！我有话问你！"

吟霜面无人色地抬起头来，凄苦已极地看着王爷。

"你曾在龙源楼唱曲儿吗？"

"是。"

"你是小寇子的亲戚吗？"

"不是。"

"你和皓祯在何处相遇？"

"在……龙源楼。"

"你到底是什么出身？"

"从小跟着我爹和我娘，弹琴唱曲儿为生！"

"你怎能入府当丫头？"

雪如再也无法保持沉默，解释说：

"是我！"王爷迅速转眼去看雪如，眼中，盛满了不相信、悲痛，和被欺骗后的恼怒。"我实在是情迫无奈！"雪如哀恳地看着王爷，"皓祯前来求我，我见他们两个情深义重，这才想法子把吟霜接入府，这之中的原委和经过，我再慢慢对你说。现在，请看在吟霜已有身孕的分儿上，就别再追究了吧！"

"怎能不追究？"公主厉声说，"姑不论酒楼歌榭的卖唱女子，怎么混进王府，这已有身孕，到底从何而来？"

"你这是什么意思？"皓祯怒喊着。

"我的意思很明白！"公主喊了回去，直视着皓祯，

"我怀疑她肚子里的孩子，根本不是你的！"

"怎么不是我的？"皓祯跺着脚，快要气疯了，"她以白璧之身，跟随了我……""那，"公主指着多隆，"他，又怎么说？！"

"他是含血喷人！他是胡言乱语！你们要相信一个这样无耻的小人，而没有人肯相信我！"皓祯气极，一声狂叫，"啊……"同时，双手用力一格，竟把抓着他的几个侍卫硬给震得飞了出去。他拳打脚踢，又踢翻了两个，然后，一反手，他抢下了一个侍卫的长剑，就舞着对多隆劈了过来。多隆大骇，狂叫着躲开去，而王爷，已迅速地拦上前去，暴喝一声："你给我站住！"皓祯一剑正要刺出，一见是父亲，硬生生把剑收住，房中所有的人，都失声惊叫了。"怎么？你要逆伦杀亲吗？"王爷沉痛地说，指了指地上的吟霜，"为了这样一个来历不明的女子，你居然串通母亲，和你的亲信，联手来欺骗我！你罔顾礼法亲情，造次犯上，漠视皇恩浩荡，冷落公主……你……你……"他重重喘着气，"你真让我痛心！"跪在地上的吟霜，已经再也听不下去了，崩溃地用手抱住头，发出一声凄厉的狂喊：

"够了！够了！我走！我走……"

喊着，她站了起来，反身就往楼下奔去。公主大叫："抓住她！"她已奔到楼梯口，崔姥姥见机不可失，伸出脚来，就把吟霜重重一绊，吟霜冲得飞快，被这一绊，整个人失去重心，就一脚踏空，从那陡峭的楼梯上，滚落了下去。雪如大惊失色，伸手想抓住吟霜，捞到了吟霜肩上的衣服，哧的一声，衣服撕破了，吟霜的身子，仍然像滚球一般一路翻滚了下去。

"不要！吟霜！吟霜……"皓祯狂奔过去。

"天啊！"雪如跟着奔下楼。

吟霜卧在楼梯底下，那肌肤上，一朵小小的、粉红色的"梅花烙"正清晰地展现着。

"天啊！"雪如再喊了一声，整个人都呆掉了，一下子就跌坐在地上。

第十六章

　　就在那夜，吟霜失去了她的孩子。不幸中的大幸，是她并没有摔伤筋骨，但，她整个人都虚脱了。

　　窗外，秋风正肆意地吹着，把窗框叩得簌簌作响。窗内，一灯如豆，凄然地照射着那低垂的床帐。吟霜蜷缩在床上，用棉被把自己连头蒙住，她紧紧闭着眼睛，不哭，不动，不说话，不思想……她什么都不想做了，甚至不想看这个世界。皓祯坐在床前面，紧紧握着她的一只手，牙齿咬着嘴唇，把嘴唇都咬痛了。他注视着那露在被外的发丝，竟也失去安慰她的力气。两人就这样一个躺着，一个坐着，任凭夜色流逝，更鼓频敲。香绮进来了好几回。"大夫说，小姐需要好好休息，您就让她睡吧！"香绮哀恳地看着皓祯，"这儿有我服侍，您也去休息休息吧！熬了一夜，您的眼睛都红了。吟霜小姐的身子要紧，您的身子也要紧呀！"皓祯摇摇头，动也不动地坐着，眼光直勾勾地看着吟霜。吟霜躺在那儿，也是纹风不动。冷冷的夜色，似乎被这样巨大的沉哀，给牢牢地冻住了。

同时，在王府的另一端，公主在自己房里，也是彻夜未眠。"审吟霜"的一段公案，因吟霜的流产而告一段落。那多隆，在吟霜滚下楼，全家乱成一团的当儿，就悄悄溜走了。接着，府里救吟霜、传大夫、备车备马、抓药、熬药……闹了个鸡犬不宁。公主趁乱收兵，到房里，心脏还扑通扑通跳个不停。丫头宫女，来来往往奔跑，传递消息，吟霜流产了！孩子掉了！公主的心腹大患也除去了！她睁着大眼，怔怔地看着崔姥姥，不知怎的，她并没有什么欢喜的感觉，那颗心，始终在扑通扑通地跳，跳得她心慌意乱，神思不宁。公主在人前尽管要强，在人后却自有脆弱的一面。

"我……我们会不会做得太过分了？"她嗫嚅地问崔姥姥，"额驸会不会从此和我结下血海深仇，更不要理我了？"

崔姥姥注视着公主，被公主的不安传染了，也有些心惊肉跳。"可那吟霜，确有条条死罪呀！"崔姥姥想自己说服自己，"我为额驸的王室血统，不得不出此下策！现在好了，总算一个大问题解决了……一切慢慢来，皇天有眼，不会让你的一片痴心，都白白耽误的！"

公主激灵灵打了个冷战。

"怎么了？"崔姥姥问。

"有阵冷风吹来，你觉不觉得？"公主缩了缩脖子，看看那影影绰绰的窗纸，窗外一棵桂花树，枝丫伸得长长的，张牙舞爪地映着窗纸，"如果……如果……如果那吟霜果真是白狐，她会不会来找我算账？""公主啊！"崔姥姥低喊着，"如果她果真是白狐，我怎会绊得倒她，她又怎会失掉孩子？"

"对，对，我糊涂了！"

正说着，桂花树上，一个黑不溜丢的东西，竖着个大尾巴，"呼啦"一声从枝丫上飞掠而去。

"白狐！"她惊叫。"不是的！不是的！"崔姥姥连声说，"只是一只猫而已！公主啊，你别怕，额驸现在尽管恨你，将来自会明白你的一番苦心！何况，现在王爷什么都明白了，他会清理门户，为你撑腰的！""可是，"公主战栗地回想着，"那福晋，她在楼梯底下，抱着吟霜，她那眼光，好像……好像我把她给杀了！你有没有看到？"她问崔姥姥，"她似乎整颗心都碎了！"

是的，雪如自从看到那朵"梅花烙"以后，就整个人都陷进疯狂般的思潮里。昏乱、紧张、心痛、怀疑、惊惶、害怕、欣喜……各种复杂的情绪，如狂飙般吹着她，如潮水般涌着她，她心碎神伤，简直快要崩溃了。吟霜流产，和"梅花烙"比起来，前者已经微不足道。

她在自己卧室中，发疯般地翻箱倒柜，找寻她那支梅花簪子。

秦姥姥忙着关窗关门，确定每扇窗都关牢了，这才奔过来，抓紧了雪如的手，紧张地说：

"冷静冷静！王爷好不容易睡下了，可别再惊醒他！簪子我收着呢，我找给你！"秦姥姥打开樟木大箱，开了红木小箱，再取出个描金镂凤的织锦小盒，打开小盒子，那个特制的梅花簪子，正静静地躺在里面。"梅花簪！"雪如拿起了簪子，紧压在自己的胸口，"就是这簪子烙上去的！一模一样啊！秦姥姥，你也看到了，你也清清楚楚看到了，是不是啊？"

"是，是，是。"秦姥姥深深吸着气，又紧张又惶恐，"但是，这可能只是个巧合，吟霜那肩上，说不定是出水痘，或者出天花什么的……留下的疤痕，正巧……有这么点儿像梅花……""那，"雪如拿着簪子就向外走，"我们去找吟霜，马上核对核对！""不行不行，"秦姥姥慌忙拉着雪如，"那孩子，这一晚受的罪还不够吗？又受气，又受辱，又受审，又摔足，又掉了孩子……这会儿，好不容易歇下了，你又拿着个簪子要去比对……你怎么对她说！说你要看看，她是不是你当初遗弃的女儿吗？你别忘了，旁边还有皓祯呢！不，不，不！"秦姥姥越想越怕，"这秘密是死也要咬住的，绝不能透露的，万一泄露出去，别说你我都是死，这皓祯、吟霜，以及王爷，个个都是欺君之罪！何况，皓祯已经以王族血统的身份，娶了公主呀！大清开国以来，这满汉不通婚，王族血统不能乱呀！你快冷静一点！冷静一点呀！"

"我不能冷静！我怎能冷静下来呢？想想看，这些年来，一直以为我那苦命的女儿，已不在人世了！但是，突然间，她却出现在我面前，原来，就是吟霜呀！怪不得头一次见面就觉得她似曾相识，怪不得王爷说她像我年轻时候……对了对了！错不了！她肯定就是我那个孩子……可怜，这些日子来，我眼睁睁看着她受虐待，受折磨，却无力救她……老天用这种方式来惩罚我，它兜一个圈子，把我的女儿送回到我面前，却让我母女相对不相识！如今，相识又不能相认！"雪如激动得泪如泉涌了，"我顾不得，我要去认她！"

"不行不行！你失去理智了！"秦姥姥急得又是汗、又是泪，"说不定她不是呢？她的爹和娘有名有姓，是唱曲子的，不是吗？""那，"雪如紧握着簪子，簪子上的"梅花"都刺进了掌心，"我去问问她！"秦姥姥死命攥住了雪如。

"你要稳住呀！就是要去，也等天亮了再去！你想清楚了再去！这会儿，你才从她那儿回来不久，又失魂落魄地冲了去，你不怕走漏秘密，难道你也不想保护吟霜吗？"

雪如跌坐在床沿，眼光直直地落在窗纸上。天，怎么还不亮呢？怎么还不亮呢？

天蒙蒙亮的时候，吟霜终于蠕动了一下身子。

皓祯急切地扑上前去。

吟霜把棉被从面孔上轻轻掀开，透了口气，她快要窒息了。皓祯跪坐在床前，用手轻拂开她面颊上的发丝，深深切切地注视着她的眼睛。她蹙了蹙眉，黑而密的两排睫毛微微向上扬，她终于睁开眼睛了。

她的视线和他的接触了。两人的眼光就这样交缠着，彼此深深切切地看着彼此，好久好久，两人谁也不说话，只是紧紧紧紧地互视着。这眼光，已诉尽了他们心中的痛楚，和对彼此的怜惜。然后，吟霜伸出了双手，一下子就把皓祯紧紧地搂住，把头埋进皓祯的胸前，她这才吐出滚下楼梯后的第一句话："失去了孩子、失去了名誉，我，生不如死啊！"

皓祯把她的头，紧压在自己的胸膛上。滚滚的热泪，就夺眶而出了。他恨不得就这样把她压入自己的心脏，吸入自己的身体，让两人变为一个，那么，就再也没有任何力量能把他们分开！"就算失去了天与地，"他哑声说，每个字都绞自内心深处，"就算太阳和月亮都沉到海底，就算全世界变为冰雪和沙漠，你，绝不会孤独，因为你永远永远有着我啊！"

"皓祯！"吟霜痛喊着。泪，也泪泪流下。

两人紧拥着，让彼此的泪，涤净两人被玷污的灵魂，也让彼此的泪，洗去两人沉重的悲哀。

就在这忘我的时刻，雪如带着秦姥姥赶来了。看到这样两颗相拥的头颅，这样两个受苦的心灵，雪如整颗心，都揪起来了。她冲过去，把这两个孩子，全拥入她的怀中。她痛中有痛、悲中有悲、泪中有泪、话中有话地喊了出来：

"老天啊！是怎样的因缘际会，会让你们夫妻两个，相遇相爱；又是怎样的天道轮回，会让我们娘儿三个，有散有聚！这所有的痛苦和折磨，都是我的错！我不曾把你们保护好，不曾让你们远离伤害，不曾给你们最温暖的家，甚至不曾顺应天意……这才让你们受苦若此！我真悔不当初，不知如何是好！老天若要惩罚，罚我吧！我已年老，死不足惜！你们如此年轻，生命如此美好！老天啊！让所有灾难，都交给我一个人去承担吧！只要你们幸福！你们幸福！"

皓祯和吟霜，被雪如这么强烈的感情，弄得又惊愕又震动。但是，他们自己有太多的痛，这些痛和雪如的痛，加起来正浑然一体。他们就含泪承受着雪如的拥抱，和雪如的母爱，并且，深深地被雪如感动了。

第十七章

　　王爷经过好几天的调查，小寇子、阿克丹、常妈，以及龙源楼的掌柜，都叫过来一一盘查清楚，这才把吟霜的身世弄明白了。最起码，是他"自以为"弄"明白"了。关于在龙源楼驻唱，多隆调戏，皓祯救人，白老头护女身亡，吟霜卖身葬父，到帽儿胡同，皓祯"金屋藏娇"，直至冒充小寇子的亲戚，被雪如带入府来……这种种经过，都弄得清清楚楚。王爷在震惊之余，心底某种柔软的感情，却不能不被这一对小儿女给勾引出来：多么曲折，又多么感人的一段情呀！王爷不笨，人世间的沧桑看了很多，王室的钩心斗角也经历了不少，对多隆这种人，可以说是司空见惯，了解得透彻极了。等到他把这所有经过，都弄清楚之后，虽然"被欺骗"的感觉仍然深重，但对那白吟霜，却有满心同情，对那失去的

"孙儿"，更生出一份"痛惜"的情绪来。

但是，国有国法，家有家规！这种种"蒙蔽"和"欺骗"不能不罚！于是，小寇子被拉入刑房，痛责了二十大板。阿克丹自请惩罚，跪在练功房一昼一夜。雪如见皓祯身边的两大亲信，都不能逃过，就拉着王爷的袖子，急切而哀恳地说："如果你还要罚皓祯和吟霜，那你就罚我吧！随你要把我怎么样，但你绝不可以去动他们一分一毫！吟霜受了这么多委屈，已经痛不欲生，至于皓祯，早被这样的身心煎熬，折磨得不成人形了！你虽是王爷，也是父亲呀！你已经亲眼看到他们两个这种生死相许的感情，你就算不了解，也该有份悲悯之心吧！""哼！"王爷轻哼了一声，心中早已软化，嘴上却不能不维持着王爷的尊严，"希望家里所有的欺骗，到此为止！如果再发生欺骗的事情，我定不饶恕！"

雪如心中，"咚"地重重一跳。欺骗！这王府中最大的一桩"欺骗"，该是"吟霜"了。

就在王爷调查事情经过的这两天中，雪如也趁吟霜熟睡时，悄悄核对了她肩上的烙痕。"梅花簪"与"梅花烙"分厘不差，虽然只是匆匆一比对，已让雪如和秦姥姥屏住呼吸，泪眼相看。然后，在无人时刻，雪如握着吟霜的手，小心翼翼地，盘问了吟霜的身世："孩子，我从不曾问起你的父母，到底，你母亲是怎样的人？你有兄弟姐妹吗？你还有亲人吗？"

"不！我没有兄弟姐妹，我是独生女，我娘是在四十岁那年，才生了我的！""哦？""我爹名叫白胜龄，是个琴师，拉一手好胡琴。我娘多才多艺，会京韵大鼓，也会唱各种曲子，还能写词。当年他们在京里驻唱，我也是在京里出生的！"

"哦！"雪如喘口气，"你是哪一年哪一日出生的？""我是戊寅年十月二日生的！"吟霜抬头，热烈地看着雪如，"我和皓祯谈起过，才知道我们是同年同月同日生！实在太巧了！"雪如早已百分之百、千分之千、万分之万地断定了吟霜的身份，瞅着她，她整个心绞扭着，绞得又酸又痛。她深抽了口气，纷乱地再问了句：

"那时候，你们住在京城的什么地方？"

"我小时候，住在郊外，一个叫杏花溪的小地方！"

杏花溪？杏花溪！那就是二十一年前，孩子顺水漂流的小溪呀！原来她竟被这白氏夫妇捡了回去！什么都不必再问了，什么都不必怀疑了！雪如怔怔地看着吟霜，看着看着就一把把她拥入怀中，紧紧地搂着，激动地说：

"听着！孩子呀！你的苦难都已过去！因为，从现在起，就是有五雷轰顶，也有我给你挡着！"

那天，雪如带着秦姥姥悄悄出府，到了香山公墓，去祭拜白胜龄的坟。在坟前，雪如虔诚地烧着香，跪了下来，恭恭敬敬地叩了三个头，低声祝祷说：

"白师父，白师母，你们在天之灵，请受我三拜！谢谢你们养大了我的女儿，谢谢你们爱护她，养育她，把她调教得如此之好！如今，我已相信因果轮回，但愿来世，我们再结因缘，我愿效犬马之劳，以报今生之恩！"

吟霜的身世，虽已大白，可怜的雪如，却不能相认。秦姥姥说得对，这是全家要受牵连的欺君大罪，是必须死死咬住的秘密！雪如咬紧牙关，紧紧封锁着自己的秘密。但，听到王爷口口声声谈到"欺骗"时，怎能不心惊肉跳，字字钻心呢？这才明白，二十一年前的一个行动，竟要付出一生惨痛的代价！如果仅仅是自己的一生也就罢了，若要连累到吟霜和皓祯的一生，她真是罪莫大焉，死有余辜了！

小寇子挨打，阿克丹受罚，吟霜失掉了孩子……皓祯承受了这所有的一切。是的！王爷说的：国有国法，家有家规！

这天下午，他带着府里几个武功高手，直奔公主房。

公主听门口大声宣报"额驸驾到"，就带着崔姥姥，急急迎上前去。这是"夜审吟霜"以后，皓祯首次来公主房。公主一则有愧，二则有悔，三则有情，四则有盼……所以，脚步是急促的，神情是渴盼的，眼中是布满祈谅的。

谁知，皓祯带着人手，长驱直入，整个脸孔，像用冰块雕刻出来的，说不出有多冷，说不出有多硬。他站在房子中间，回首对带来的侍卫们命令说：

"把这个崔氏，给我拿下！"

侍卫一拥而上，迅速地就抓住了崔姥姥，几根粗大的麻绳，立即抛上身，把崔姥姥的手脚，全绑了个结结实实。崔姥姥大惊，直觉到"大祸临头"，双腿一软，就对皓祯跪下了，嘴中急急嚷着："额驸饶命！额驸饶命！"一面回头大叫："公主救命呀！救命呀……"公主急冲上前，一把抓住皓祯的衣袖，摇撼着说：

"你要做什么？赶快放开她！"

皓祯一甩袖子，就把公主甩了开去。他退后一步，冷冷地看着公主，脸上一无表情，声音冷峻而坚决。

"公主，你联合那多隆，在王府里兴风作浪，又唆使崔氏，对吟霜暗施毒手……你以为你是公主，就可为所欲为！但，别忘了，你已嫁进王府，是我富察氏的妻子，我现在无法以国法治你！我以家法治你！从今以后，你被打入冷宫，我再也不会与你有任何来往。至于这崔氏，她将为我那失去的儿子偿命！立即推赴刑房接受绞刑！"

"冤枉啊！皓祯！"公主急了，眼见那些侍卫，拉着崔姥姥就要走，她急得把公主的身份地位全忘了，"我没有联合多隆，是他自己来的呀，我也没唆使崔姥姥，那、那、那是个意外呀……"她焦灼地喊着，"快放下我的崔姥姥呀！她是我的奶妈，是我身边最亲的人……皓祯，你误会了，是误会呀……""是吗？"皓祯的声音更冷了，"误会也罢，不是误会也罢，反正悲剧已经造成，无法弥补了！"他一抬头，厉声说："带走！""来人呀！来人呀……"公主急喊着，奔上前去，拦住了侍卫，"要带走崔姥姥，先要带走我！"

公主的侍卫们，早已奔了出来。但皓祯有备而来，每个来人都孔武有力，分站在院落最重要的角落，个个手扶长剑，杀气腾腾。公主的侍卫们见此等状况，竟不敢动手。

"你要在这王府之中，展开械斗吗？"皓祯直视着公主，语气铿然，"你引起的战争还不够多吗？一定要血流成河，你才满意吗？""不！不！不！"公主凄声大喊，忙伸手阻止侍卫们。又掉头看皓祯，眼中遍是凄惶。"我错了！好不好？你不要带走我的崔姥姥……我不让你带走我的崔姥姥……""好！"皓祯一甩头，"不带走也成，就地正法！马上动手！"

一个大汉，立即取出一条白绫，迅速地缠在崔姥姥颈上。崔姥姥魂飞魄散，尖声狂叫：

"公主……公主救命……"

才叫了两句，那白绫已经收紧，崔姥姥不能呼吸了，眼珠都凸了出来，双手往脖子上乱抓乱扒，张着大嘴，喉中发出格格格的沙哑之声。公主的三魂六魄，全都飞了。眼见崔姥姥命已不保，她一个情急，就对皓祯跪了下去，崩溃地大哭起来。她的双手，死死抱着皓祯的脚，哭喊着说：

"不可以！不可以啊！崔姥姥和我情如母女，比亲娘还亲呀！我给你跪下，我给你磕头，我不是公主，我没有身份地位，我只是个走投无路的女人，一个无法得到丈夫的爱，无法得到亲情温暖，不知所措的女人呀……我给你磕头！"她"嘣嘣嘣"地磕下头去，"我一无所有，只有崔姥姥，请你饶了她！请你发发好心，饶了她吧……"

公主这样一下跪磕头，所有的人都惊呆了，那行刑的大汉也惊得松了手。崔姥姥立即跌坐在地上，又喘又咳。

就在这不可开交的时候，王爷已带着雪如，气急败坏地赶来了。"老天！"王爷一看局面，就对皓祯大吼着，"你闯入公主院中，动用私刑，无异于犯上作乱，你知不知道？赶快放人！""在我们府里，动用私刑，早已司空见惯！"皓祯悲痛地抬眼看王爷，"小寇子挨打，阿克丹受罚，吟霜被公审，遭暗算……哪一件不是私刑？既然王府中已有此例，多一条、省一条命又有何妨？这崔氏我恨之入骨，今天势必要她偿命！"

"皓祯！"王爷着急地喊，"你连我的话都不肯听了吗？"他大步上前，伸手紧握住皓祯的手腕，直视着皓祯的眼睛，他义正词严，真切恳挚地说道："吟霜受了委屈，孩子又平白失去，我知道你现在充满了不平，充满了愤恨。可是，这世上毕竟没有完人，你自己也有诸多不是之处！现在雨过天晴，吟霜的身份地位，已经得到全家的认同，她的出身和名誉，也没有人再追究与怀疑，这对你来说，不是失之东隅，收之桑榆吗？你还这么年轻，今年做不成爹，还有明年呢！犯得着为此杀人，多添一段冤孽吗？"

皓祯迎视着父亲，在王爷这样诚挚的目光，和这样真切的语气中软化了。他呆呆看着王爷，好半晌不言不语。然后，他掉回头来，直视着公主，哑声说：

"看在阿玛的面子上，我今天放崔氏一马！但是，每一笔账，我都还记着呢！你想清楚，阿玛已亲口说了，吟霜的身份地位，出身名誉，都已经得到全家的认同，你如果再造谣生事，我必定追究到底，誓不饶恕！你如果想回宫去，再参我一本，告我一状，也悉听尊便！反正富贵由天，生死有命，我什么都不在乎！"

公主浑身颤抖着，满面泪痕，此时，但求崔姥姥不死，哪儿还敢争执？她拼命点着头说：

"我不敢、不敢告状、不敢造谣，我、我、我什么都不敢了！"皓祯手一挥，众大汉收剑撤兵。王爷长叹一声，对公主匆匆说了句："一切到此为止，既往不咎，大家息事宁人吧！"

然后，王爷，福晋，皓祯，带着众侍卫走了。

公主一下子扑到崔姥姥身前，拼命去扯还绕着她脖子的白绫。崔姥姥惊魂未定，又咳又喘。公主不断撕扯着那条白绫，泪落如雨。嘴里，喃喃地，叽里咕噜地，不停地说着："我知道斗不过她，一定斗不过她，她不是人，是白狐，是白狐，一定是白狐……"

第十八章

　　就这样，吟霜不是人，是"大仙"，是"白狐"的传言，就在府中沸沸腾腾地传开了。本来，这狐鬼之说，最容易引起人们的穿凿附会，也最容易被好事者散播传诵。何况，府中房舍众多，又各成院落，各有丫头仆佣太监侍卫们，人多口杂，你一句，我一句，众说纷纭，越传越烈。

　　这种传言是压制不了的。于是，吟霜与皓祯也听到了，雪如和王爷也听到了。"我是白狐？我是来报恩的白狐？"吟霜惊愕地睁大了眼睛，"怎么会这样说呢？我怎么可能是一只狐狸呢？"

　　"其实，这种传言也有它的好处！"小寇子说，"大家谈起来的时候，都是好害怕好尊敬的样子，那丫头宫女房里，还有人悄悄画了白姨太的像，在那儿祭拜呢！

所以，反正这传言对白姨太没有什么伤害，说不定还有保护作用，就让他们去说吧！""白狐？"皓祯啼笑皆非，瞅着吟霜，"就因为常常穿白衣服，就变成狐狸了？"他笑着去看她的眉、去看她的眼，"让我看看有没有一点儿'仙气'！"

"如果我是白狐，"吟霜笑容一收，黯然地说，"我一定变成这么一点点大，"吟霜比了小小的两寸，"躲到你的袖子里，那么，你走到哪儿，都可以带着我。你陪皇上去承德狩猎，我也可以跟着你！"那正是九月初，每年秋猎的季节。皇上已经降旨，要王爷带着皓祯皓祥，一起随行。当然，这秋猎的队伍十分庞大，随行的还有其他王室子弟，和王公大臣。但，一家父子三人，都被征召的，硕亲王府仍是唯一仅有的！这是了不得的殊荣，换了任何人，都会兴奋不已。唯有皓祯，却愀然不乐，因为，此去少则十天，多则一月，把吟霜留在公主旁边，没有自己来守护，他真是千不放心，万不放心。虽然，雪如一迭连声说："有我有我！你放心，好好去陪皇上，只要皇上欣赏你，这公主就拿你没奈何了！至于吟霜，我会拼了命来保护她的，我会像一个亲生的娘一样来保护她的！你去了，我会时时刻刻让她跟在我身边，寸步不离，看谁敢欺侮她！"

"现在的公主，跟以前已经不一样了！"秦姥姥这么对皓祯说，"自从你要杀崔姥姥以后，她整个人都变了样子，她一点儿也不凶了，一点儿气焰都没有了，我听小玉说，她吓得要死，她被'白狐'的传言给吓坏了，听到'白姨太'三个字就发抖，所以，她不会再来欺侮吟霜了！"

"这样吧，我把阿克丹和小寇子留下来保护她！"皓祯仍是不放心地说。"不行不行！"吟霜坚持不肯，"我哪有那么娇弱，我在府里，有这么多人包围着，怎会有事呢？你出门在外，才需要有人照顾，小寇子和阿克丹跟你去！要不然，我也不放心！"

最后，折中办法，阿克丹跟了皓祯，小寇子留在府里。因为阿克丹脾气暴躁，常常成事不足，败事有余。小寇子反应快，能随机应变。于是，皓祯要启行了。

虽然是小别，皓祯和吟霜仍然离愁百斛，依依不舍。整夜挑灯话别，说不尽的千言万语。至于公主房，却是冷冷落落，一片寂寥。公主也彻夜不眠，站在窗前，若有所待。但见满院秋风，簌簌瑟瑟。偌大的庭院，像一座死城。而那远处的静思山房，却彻夜灯明，如同白昼。这公主的失意与落寞，就真笔墨不能形容了。

然后，皓祯、皓祥和王爷，都走了。

府里的三个重量级男人一起离去，王府骤然清静了许多。吟霜每日拿着针线，到雪如房里来，静静地绣着皓祯的腰带，皓祯的钱包，皓祯的手帕……她的手那么巧，连皓祯的朝服，她也开始绣了。雪如常常面对着她，看着看着就出神了：这样温柔如梦，这样飘逸如仙……她是她的女儿呀！她嫡嫡亲的女儿呀！雪如神思恍惚，每天每天，必须用最大的意志力，来克制自己想把一切和盘托出的冲动。

好多日子过去了，府里静悄悄，大家相安无事。

然后，公主房传出来，公主病了。

一连几日传太医，终于惊动了雪如。带着翩翩，她去公主房探视。公主躺在床上，神情委顿，两眼呆滞无神，精神恍惚，答非所问。雪如暗暗吓了一跳，怎么突然之间，病得这么重，万一有个闪失，如何是好？太医开了方子，不外是培元补气，治疗风寒的药方，连抓了好多服药，吃下去也没有什么起色。公主看来更憔悴，更消瘦了。然后，她开始拒绝吃药，也不肯躺在床上，整天在室内绕来绕去，像一只困兽。看到树影灯影，都会惊慌失措。常常一把抓住崔姥姥就惊叫起了："白狐！白狐！它来抓我了呀！它来报仇了！它就在我窗子外面呀……"崔姥姥慌忙关窗子，把每扇窗子都关起来了！"它进不来了！别怕别怕！"公主转着眼珠，注视四周，拍着胸口，好不容易安静下来。一转眼，见墙上一个宫灯影子，又指着大叫起来：

"它进来了！它进来了！没有用的！她是白狐，她无所不在，我斗不过她的！你瞧你瞧，"她抓着崔姥姥，浑身簌簌发抖，"她把额驸弄走了，她孤立我！要来对付我呀！她就这屋里，你感觉到没有？"公主眼光发直，"冷飕飕的一股风，过来了，过来了，过来了……"

"公主呀！"崔姥姥也吓得魂飞魄散了，"咱们快走吧！咱们回宫去吧！咱们离开这可怕的地方吧！好不好？好不好？"

"不好！"公主激烈地吼出来，倏然一退，悲切地看着崔姥姥，"我怎能回宫去？我回宫了，万一皓祯来找我，找不着，怎么办？""他……"崔姥姥目瞪口呆，看着公主，见公主虽然吓成这样子，仍然心系着皓祯，崔姥姥那句"他不会来的"就硬生生收了回去。她咽了口气，束手无策地说："那要怎么办？怎么办？""崔姥姥！"宫女小玉在一边侍候公主喝药，急急地插进嘴来，"公主这样子吃药，吃了好多服都不见效，看样子根本不是病，是冲煞了大仙！正经的，还是请个道士来帮帮忙吧！"

"道士！"公主听了，脱口就惊呼出来，眼睛里闪着光，像溺水的人抓住了浮木一般，"对对对！请道士来作法！你快去给我请个道士来！"于是，道士就入了公主院中。

那道士一手拿摇铃，一手拿拂尘，半阖着眼睛，对院落四面八方，东摇摇铃，西摇摇铃，嘴中念念有词，念着一串没人听得懂的咒语。然后，他就煞有介事地面朝东方，"呀"的一声说："果有狐祟！""是吗？是吗？"公主向东面看去，赫然就是静思山房的方向！"那要怎么办？""必须设坛，公主摒除杂念，坐于坛后，再把那幻化于人形之狐仙绑于坛前，贫道即可作法化解！"

崔姥姥闻言傻住了。"这白姨太……"她浑身一阵战栗，就不由自主地伸手去摸自己的脖子，"咱们没有人敢去碰她，更别说绑她了，不行不行，做不到的！""那么，把她请到这院子里来也成！"道士说，"剩下的事交给贫道！各位别怕，贫道自有办法与她斗法，叫她现了原形，邪咒自然就破解了！"

"道长能让她现出原形？真的能吗？"崔姥姥问。

那道士频频点头。"这么说，"崔姥姥充满希望的，"只要她现形，所有被她迷惑的人，都会清醒过来了？""那自然！"道士一股正气凛然的样子，"不管她迷惑的是男人，还是女子，都会醒来的！"

如果额驸能醒过来，如果福晋知道她是只狐狸，如果公主不再被邪气缠身，如果额驸能回到公主身边……崔姥姥看着公主，毅然一点头。不管是用骗的，用抢的，非把吟霜弄来不可！即使为此丢掉项上人头，也在所不惜！

这天一早，吟霜才梳洗过后，正预备去雪如那儿，就被崔姥姥给拦下了。她直挺挺地跪在吟霜面前，哀声说：

"白姨太！我求求你发发慈悲，亲自去看看公主，站在她床前，对她说一些你已经原谅饶恕了她的话，不论公主把你想成什么，你都不要跟她计较！我实在已经无计可施，不得不硬着头皮来求你，因为公主的病情愈来愈严重，如果你不解除她的心病，只怕她会凶多吉少！"崔姥姥说着，就对吟霜磕头如捣蒜，"上次绊白姨太摔跤，是我罪该万死，请您大人不计小人过……只要能救我们公主，就是把我杀了，我也情愿！"她真心真意地流下泪来。"你是个好心肠的人，这么做，固然是委屈了你，可救命要紧，何况，那公主毕竟也是额驸的人呀！如今额驸不在家，我不知该求谁，走投无路呀……"吟霜心中一阵恻然。自从公主卧病，她就很想去探视服侍，只是雪如拦着，说什么也不让她去。吟霜当然知道"狐祟"之说，却认为"见怪不怪，其怪自败"，并不十分放在心上。在她内心，其实很想和公主言归于好，然后共事一夫，那才是长久之计。因而，她弯腰扶起了崔姥姥，热心地说："好吧！我就跟你走一趟！果真能使公主心神安宁，那就大家都安心了！总之，我先瞧瞧去！"

小寇子迅速拦了过来。

"不行！"小寇子说，"要去，也要和福晋一起去！"

"小寇子，"吟霜摇着头说，"你不要小题大做吧！"说完，跟着崔姥姥就走。小寇子直觉不妙，撒开腿就直奔福晋房。

这边厢，吟霜跟着崔姥姥，迅速地来到公主院落中。才走进院子，身后的门就砰然一声合拢，把急急追来的香绮关在门外了。吟霜大惊，还来不及回过神来，嗖的一声，左边有条绳索飞来，嗖的一声，右边又有条绳索飞来。吟霜身上，立即就被套了两圈绳索。只见面前，有两个小道士交错游走，嘴中念念有词，她被缠绕得动弹不得。

吟霜惊恐地睁大眼睛，对前面看去，这才看清，眼前竟有个祭坛，有个老道士站在坛后，双目半阖，嘴里大声念叨，一手高举着摇铃，一手在胸前结着手印。在道士后方，地上画了个八卦图形，公主就盘腿坐在这图形中，闭着眼睛，动也不动。"公主呀！"吟霜大叫，"你在做什么？快放开我呀！快放开我呀！"公主纹丝不动。道士手中的摇铃往祭桌上重重一扣，双眼蓦地张开，眼睛对着吟霜身上。

"啊……"吟霜惊叫着，"不要！不要……"

两个小道士各朝绳索的一端，不住拉紧，吟霜被牢牢捆住，站在那儿，无处可躲。

道士已换了一把木剑，剑端插着黄符，在吟霜面前挥来舞去，嘴里喃喃念着："拜天地神明日月之光檐前使者传言童子奏使功曹拜请天监灵通遭得强兵降临手执神刀宝剑身骑白马奔驰舞动金鞭黑旗打起诸神庙开枷脱锁救良民急急如律令……"

念着念着，他就托起桌上的香炉，把黄符焚化，然后将香炉在吟霜面前晃来晃去，骤然一声大喝：

"疾病厄运，灰飞烟灭！"

顿时间，一炉香灰，全泼向吟霜。

"啊……"吟霜惨叫着，满头满脸满身都是香灰。

"妖魔狐鬼，立现原形！"

道士又大喝一声，拿起桌上的一碗鸡血，再对吟霜泼去。

"啊……"吟霜再度惨叫，"不要这样对我啊，不要不要啊……我不是白狐，不是白狐呀……"

"哗"的一声，又是一盆水泼了过来。

道士手执摇铃，在吟霜面前又晃又摇，嘴里再度念咒，然后，又是喷水、撒香灰、泼鸡血……一一来过。

"啊……啊……啊……"吟霜不住惨叫着，躲不开，逃不掉，已满头满胸满衣裳都是水、鸡血和香灰。

这时，雪如和小寇子已冲了过来，远远地，就看到香绮扑在门上，用全力捶打着院门，嘴里尖叫着：

"开门！开门！不要这样啊……"

雪如大惊，直奔过来，那公主院的围墙上有各式镂空花窗，雪如凑过去一看，简直惊得魂飞魄散，她隔着花窗，对里面就大喊大叫起来："你们在做什么？这太过分了！快来开门！崔姥姥，你不要命了吗？快来开门啊……快来啊……"

院子里，道士作法作得十分紧张，根本没有人理雪如。小寇子张望了一眼，就又飞奔到练功房去调人手。

片刻之后，吟霜已满身狼狈，水、汗、香灰和血渍弄得全身一塌糊涂。她呛得不停地咳嗽，又吓得不停地哭泣。而院外，侍卫们已经赶到，合力撞开了院门。

"师父，"两个小道士放掉手中的绳子，"她没现原形啊！怎么办？"崔姥姥冲上前来，激动地抓着道士。

"你不是说能让她现出原形的吗？现在是怎么回事？"

"这这……"道士回头一看，见来人众多，慌忙说，"她法力高强，贫道法力不够，斗不过她，无可奈何，无可奈何……"他对徒弟们一招手："快走啊！"

趁着众人冲入，一团混乱之时，他竟带着两个小道士，一溜烟地逃之夭夭了。雪如顾不得追道士，顾不得骂崔姥姥，顾不得责问公主……她只是扑向吟霜，一边拼命解绳子，一边拼命用衣袖去擦拭吟霜的头发和面庞，一边流着泪痛喊着：

"吟霜！我苦命的孩子啊！我眼睁睁看你在我面前，受此屈辱，我却无法帮你说清楚，我真痛不欲生呀……"

第十九章

吟霜被雪如带回了房里。

丫头们穿穿梭梭，忙忙碌碌。打水的打水，绞毛巾的绞毛巾，倒茶的倒茶，捧薰香的捧薰香。香绮把干净衣服拿来了，雪如亲手解开了吟霜的发髻，要给她洗头发。吟霜被动地站着。泪，仍然不停地流下来。她心中怆恻，喉中哽噎，心情起伏不定，完全无法平静下来。

"我是白狐……"她流着泪喃喃地说，"我怎么会变成一只白狐？！人人都把我看成白狐，道士居然对我作法，无论我怎么说，没有人要相信我……这样子对我念咒洒鸡血，要我现出原形……现出原形……"她泣不成声，"我的原形到底是什么？我怎么会陷进这样的局面呢？"

"好了！好了！都过去了，别再伤心了！"秦姥姥连忙给她拭了一把泪,"来!快把这脏衣服换掉!"她伸手解开她的衣扣,脱下她已弄脏的衣裳。

"不是白狐!不是白狐!"雪如喊着,"我可以证明你百分之百不是白狐呀!但是我什么都不能说,我又怎会让你陷进这局面呢?"雪如说着,就绕过去,捞起了吟霜脑后的长发,帮助秦姥姥给吟霜换衣裳。衣裳从吟霜肩上褪了下来,雪如触目所及,又是那朵"梅花烙"。

雪如的眼光,再也离不开那个烙痕,顿时间,所有的压抑,所有的克制,所有的怜惜,所有的悔恨,所有的痛楚……全体合成一股排山倒海般的巨浪,对她迅速地冲击淹没过来。她什么都顾不得了,崩溃地扑下身去,一把就紧紧地抱住吟霜,哭着大喊:"再续母女情,但凭梅花烙!"

吟霜还没有从"作法"的惊慌中恢复,就又被雪如的激动陷进更大的惊慌。她皱着眉头,微张着嘴,睁大眼睛,完全莫名其妙,不知所措。秦姥姥一阵瞠目结舌之后,就慌忙把室内的丫头们,连同香绮一起赶了出去,她又忙着关门关窗子。"吟霜呀!"雪如哭泣着喊了出来,"你是我的女儿呀,我亲生的女儿呀!二十一年前呱呱落地,眉清目秀,粉雕玉琢……你是我和王爷的孩子呀……怎会是白狐?不是白狐!不是白狐呀!你肩上,还有我亲手烙上去的记号呀……"

吟霜大大吸了一口气,脑中纷乱已极,她挣扎着,拼命想挣开雪如的拥抱。一面错愕地急喊：

"你在说些什么？我一个字也听不懂！"

满面泪痕的雪如，已绕到吟霜的正面，伸出双手，她紧握着吟霜的手，不让她逃了开去。

"我再也忍受不了了！"雪如痛极地、不顾一切地说着，"吟霜，咱们是母女呀，真正的骨肉至亲，你听清楚了吗？我是你娘，你亲生的娘呀！"

吟霜往后一退，脸色惨白地转向秦姥姥。

"秦姥姥，你快来！"她急促地，慌乱地喊着，"福晋大概受了太多刺激，脑筋糊涂了……她说这么奇怪的话，我听都听不懂……"秦姥姥冲上前来，忍不住也泪眼婆娑了。

"吟霜！福晋所言句句属实，她确实是你嫡嫡亲的亲娘啊！你原是王府里的四格格呀！"

吟霜再往后一退，但，雪如紧拉着她的手，她又无处可退，无处可逃了。她眨动着眼睛，困惑昏乱已极，不住地看雪如，再看秦姥姥，看了秦姥姥，又看雪如。

"梅花簪！梅花簪！"雪如立刻从怀中掏出那个簪子，自从发现梅花烙以后，这支簪子她就一直随身带着。她把簪子直送到吟霜眼前。"看见这簪子没有？当年我忍痛把你送走，在送走前，我就用这支簪子，在你的右肩后面，烙下了一个'梅花烙'！你自己摸摸看！"她拉着吟霜的手，去触摸那烙痕。见吟霜一脸茫然，又急急嚷道："秦姥姥！拿面镜子来，让她看！让她自己看一看！"于是，秦姥姥拿了小镜子来，她们把吟霜推到大镜子前面，用小镜子照着那朵"梅花烙"给吟霜看，这是吟霜生平第一次见到自己这"与生俱来"的"梅花烙"。

然后，雪如和秦姥姥，细述了当年"偷龙转凤"的一幕。怎样事先筹划，怎样抱进皓祯，怎样再度产女，怎样烙上烙印，怎样抱出府去……以至雪晴怎样承认，已将孩子放入杏花溪，随波逐流去了。整个故事说完，已是黄昏时候了。吟霜披散着头发，穿着件新换上的袍子，坐在梳妆台前动也不动。雪如和秦姥姥一左一右在她前面，几乎是哀怨般地瞅着她。

吟霜知道这一切都是真的了，从小，爹和娘也留下许多蛛丝马迹，如今一一吻合……原来，自己是白胜龄捡到的孩子！她虽然已经猜到，但这件真相仍然来得太突兀，太令人吃惊了。她坐在那儿，一时之间，不能思想，不能分析，不能说话，不能移动……她脸上毫无表情，像是一尊化石。

"吟霜！"雪如急了，"你说话呀！你有什么恨，你有什么怨，你都说出来吧！是我铸下的大错，让你从小流落江湖，受尽人世风霜，即使入府以后，我也不能保护你，让你再饱受欺凌……这些这些，每日每夜，都像几万只虫子，在咬噬着我的心啊！我错了！孩子呀，我对不起你，请你让我在以后的岁月中，来补偿你吧！"

吟霜瞪着雪如，眼中，无泪，无喜，也无悲。

"说话呀！你到底听进去了没有？了解了没有？"

吟霜终于有了动静。突然间，她就"呼"的一下子，从椅中站了起来，直着眼儿，她紧盯着雪如，凄楚而困惑地喊：

"如果我是你的女儿，那皓祯算什么？你为什么要对我说这个故事？说这么残忍的故事？二十一年前，你选择了皓祯，选择了荣华富贵，身份地位，你就选择到底，为什么要再来认我？不不不！"她激烈地摇着头，踉跄地退出门去，"我不是你的女儿，我是白吟霜，我不是王府的四格格，我是皓祯的姨太太！我请你不要再来逼我，我已经做了二十一年的白吟霜，我永远永远都只是白吟霜！"

喊完，她打开房门，就凄绝地冲了出去。

雪如的脸色惨白如纸，站在那儿，像寒风中的一面旗子，飘飘摇摇，晃晃荡荡。

夜，深了。兰馨公主突然从噩梦中惊醒，乍然坐起，急声喊：

"道长！道长！你别走！你让她现原形呀！"

崔姥姥和小玉，连忙扶起公主，喂水的喂水，打扇的打扇。自从道士溜走，吟霜被雪如救去，公主坐在那八卦阵中，始终神志不清。宫女们把她扶回卧房，崔姥姥又把她扶上了床，她一觉就睡到了深夜。

"公主！醒醒！醒醒！"崔姥姥唤着，"你睡了好几个时辰了！肚子饿吗？想不想吃点儿东西？"

公主坐在床上，兀自发着愣。半晌，她用手揉揉眼睛，猛地神情一动："法事！对了对了！道长为我做了一场法事呀！我想起来了！然后……然后我只觉得好疲倦，整个人都虚脱了似的……"她一把抓住崔姥姥，很紧张地问："她有没有现形？有没有？""唉！"崔姥姥懊恼地叹口长气，一脸的沮丧和担忧，"咱们叫那道士给摆了一道！说什么现原形，我瞧他舞弄了半天，符咒、香灰、鸡血都用尽了，人家白姨太还好端端地站在那儿，根本没事人一样！等福晋赶来，那道士就趁乱溜了，丢下这个烂摊子，我真不知如何收拾！那小寇子指着我说，等额驸回来跟我算账！我看……"她眼圈一红，伸手摸着脖子，"这一回啊，我怕是真的逃不过了！"

公主听着，眼睛睁得大大的，里面盛满了困惑。

"真的没有让她现出原形吗？可是……可是……"她摸摸胸口，又摸摸头，"我现在舒服多了，胸口不那么闷，头也没那么疼了！灵的灵的！"她猛点着头，"道士作法还是有用，原来我都觉得快不行了，你知道吗？是道长救了我！如果没有他跟我这样化解一下，我说不定已经一命呜呼了！他真的救了我，真的真的呀！""当真吗？"崔姥姥疑惑地问，"你真的觉得好多了？"

"是啊是啊！"公主四面张望，神经兮兮的，"那白吟霜，有没有现出个狐狸爪子什么的？"

"没有啊！""狐狸耳朵呢？""也没有啊！""狐狸尾巴呢？……"公主小声再问。

"什么都没有啊！"崔姥姥拼命摇头。

"那道长说，"小玉在一边，忍不住插嘴了，"这白姨太功夫高强，他不是对手，我想，道长并没有说谎，他确实斗不过白姨太！""这样啊！"公主吃了一惊，顿时又胆战心惊起来，"这么说，我的劫数还没有完？我请道士来对她作法，她岂不是要更恨我了？只怕她要使出更厉害的手段来报仇了，怎么办？怎么办？"她掀开被子，翻身下床，忙忙乱乱地找寻她的鞋子。

"公主，你要到哪里去？你要做什么？"崔姥姥赶紧帮公主穿上鞋子。"符咒！"公主叫着，"道长不是给我好多符咒吗？快快快！快给我找来！""好好好，你别急，别急！"崔姥姥从柜子里拿出一大沓黄色的符咒，"你瞧，都在这里！"

"来来来！"公主忙接过了符咒，"我们赶快把它贴起来，门上、窗子上、柱子上、帐子上、柜子上、架子上……都要贴！快叫人来帮我贴！把里里外外全给我贴满了！什么地方都不能漏！"公主说着，就去找糨糊。

"糨糊呢？糨糊呢？"小玉奔出去找糨糊。片刻以后，宫女们已捧着一盆刚熬好的糨糊进来了。公主卷起袖子，竟亲自涂糨糊，亲自贴符咒，每贴一张，就说一句：

"这里贴一张！这里贴一张！这里贴一张……"

一时间，满屋子的宫女，都忙着贴符咒。崔姥姥看着那忙忙碌碌贴符咒的宫女们，再看看满屋子贴得密密麻麻的符咒，最后，眼光落到公主身上，只见公主眼神混乱，情绪紧张，脸色蜡黄，脚步踉跄地奔来跑去，爬高爬低，不住地把符咒对墙上、窗上、柱子上贴去……她蓦地明白了，这公主根本神志不清，接近疯狂了！崔姥姥双腿一软，一下子就跌坐在床沿上了。"天啊！这怎么是好？看样子我必须进宫，向皇后禀告一切了……"

第二十章

这天，阿克丹骑着一匹快马，直抵硕亲王府。

阿克丹奔进王府，奔到雪如面前，扑跪下去，就大声地禀报："皇上带着王爷和两位贝勒爷已经进京，皇上要顺道来探视公主，所以王爷派我先行赶回，通知府中快快准备，恭迎圣驾！"雪如吓得直跳了起来。

"皇上要亲自驾临王府？真的吗？"

"福晋有所不知，"阿克丹满面焦灼之色，"皇上是接到了皇后派来的信差，说什么公主遭邪魔作祟，久病不愈，情况堪虞，皇上才要过来，亲自一探究竟啊！"

雪如不禁变色。但是，现在什么都来不及细想，只有赶快命府中众人，准备在大厅接驾。

转眼之间，皇上果然驾到。

大厅中，一条红地毯长长地由内铺到外，地毯两旁，分列侍卫，整齐划一地站着。随着一声"皇上驾到"，就应声跪下。雪如带着翩翩及众女眷，全体匍匐于地。

"叩见皇上！"雪如和女眷们齐声说。"起来吧！""是！"雪如带着女眷站起，个个垂手肃立，低头敛眉，不敢抬眼平视。皇上在大厅正中的椅子上落座。王爷、皓祯、皓祥，和随身侍卫太监们侍立于后。皇上抬眼，环视一周，没有见到兰馨公主，心中狐疑，就沉着声问雪如：

"这兰馨，怎么不曾前来接驾？"

"回皇上，公主有些儿玉体违和，动作缓慢了一些，我这就去通知公主，请她立刻前来……"

"免了！"皇上一伸手，做了个阻止的手势，"等我喝杯茶，自己去看她罢了！"此时，早有小太监，用细瓷黄龙杯，盛着最好的碧螺春出来。皇上轻轻啜了口茶，身后众人鸦雀无声。王爷、皓祯、皓祥虽是久未回家，这时，全都不敢和家人目光相接，个个笔直站着，目不斜视。雪如心中像擂鼓般七上八下，却苦于没有任何机会和王爷交谈。

皇上喝完了茶，立即就起身。

"去吧！去公主房！"于是，一行人浩浩荡荡，就到了公主房。才走进院里，兰馨公主已扶着崔姥姥和小玉，颤巍巍地跪伏于地。

"皇阿玛！听说你还不曾回宫，就赶来看我，我真是太感动了！请原谅我没有在大厅接驾，因为……我实在不敢跨出这院子一步啊！"皇上听了，实在困惑。抬眼一看，不禁吓了一跳。原来，院中的围墙上、树木上、太湖石上、花窗上，以及正房的窗窗格格，镂花门的片片扇扇，全都贴满了黄色的符咒。这等奇异景象，不只惊呆了皇上，也惊呆了王爷，和跟随在后的皓祯和皓祥。王爷飞快地看了雪如一眼，眼中盛满询问，雪如回了哀伤无奈的一瞥。皓祯暗中深吸口气，面色就整个阴暗下去。皓祥皱皱眉头，心中又气又急，不知家里又出了什么状况，生怕自己会遭"池鱼之殃"。

皇上按捺住惊愕，扶起公主。一见到公主苍白的脸庞，昏乱的眼神，憔悴的容颜，和那形销骨立的身躯，皇上就激动起来了。"怎么弄成这副模样？简直叫人不忍卒睹！到底发生了什么事情？把你整个人都变了样？快说！"

"皇阿玛不要生气，"公主瑟缩着说，"我……我……我前几天是病得很厉害，但是，现在已经好多了，不碍事了！那……那只白……白……"她四面看着，害怕地又缩回了口。

"白什么？"皇上大声追问。

"白狐啊！"公主小声地说了出来，说出口胆子就壮了些，"皇阿玛，你看，道长给了我好多符咒，我把里里外外全贴满了，这样，那白狐就进不来了。所以，我现在身体已经好多了，也许我的气色不大好，不过假以时日，我会慢慢恢复的！请皇阿玛不要担心！"

皇上听了这篇话，眼睛都直了。

"白狐？"他愕然说，"哪儿来的白狐？"

皓祯面孔雪白，冲上前去，对皇上跪下了。

"这白狐之说，完全是怪力乱神，一派谣言！皇上天纵圣明，千万不要听信这种无稽之谈……"

皇上瞪视着皓祯，心里顿时明白了。

"原来是你那个小妾！叫什么名字来着？"皇上问。

"回皇上，名叫白吟霜！"皓祯无奈地说。

"立刻给我带上来！"皇上一声令下，"我倒要看看，这白吟霜是怎样一个女子！""皇阿玛！"公主急了，慌忙说，"不要带她来这儿，千万不要带她来这儿，我……我现在和她井水不犯河水了，我躲在这院子里很安全，您老人家千万别把她再弄来……现在道长也不在这儿，没有人制得了她……"

"她怎会把你吓成这样子？"皇上惊愕之余，怒气陡然上升，"带上来！立刻带上来！看她有什么法术可施！"

于是，吟霜被好几个太监押了过来。

吟霜面如死灰，发乱钗横，神态仓皇。跪在皇帝面前，她匍匐于地，双手横摆于地面，额头轻触着自己的手背，动也不敢动。"抬起头来！"皇上沉声说，声音威严极了。

吟霜这一生，好几次被人命令"抬起头来"，但都没有这次这样，令人胆战心惊，吓得神魂俱碎。吟霜抬起了头，仍然垂着睫毛，眼光只敢看地面。

"抬起眼睛，看我！"皇上命令着。

"是！"吟霜扬起睫毛，眼中不自禁地充泪了。她被动地、怯怯地看着皇上，那眼睛是水汪汪而雾蒙蒙的，一对乌黑晶亮的眼珠，在水雾中闪着幽光。

皇上愣了一下，怎有如此美丽的女子？后宫佳丽三千，都被这女子比下去了。怪不得兰馨斗不过她！"色"字一关，几个男人能够逃过？要救兰馨，必须除掉这个女子！管她是人是鬼是狐是仙！皇上死死瞪着吟霜，目光如电。吟霜在这样的逼视下，神色越来越仓皇，心跳越来越迅速……她惶恐地眨了眨睫毛，目光就无法停在皇上的脸孔上，而悄悄地垂了下来。"大胆！"皇上一声暴喝，"我要你看我，你看何处？目光不正，媚态横生，果非善类……"

"皇上，"皓祯一急，就跪着膝行而前，仓皇伏地，冒死谏辞，"皇上开恩！吟霜绝非如传闻所言，请皇上明察！公主玉体违和，是臣的过失，不是吟霜的罪过，请皇上降罪于臣，我自愿领罪，以替代吟霜……"

"住口！"皇上见皓祯对吟霜这样情深义重，不禁更加有气，转头看一眼公主，只见公主那对目光，竟痴痴地落在皓祯身上。皇上心中一紧，已做了决定。"不管白吟霜是人、是狐，她以邪媚功夫，迷惑额驸，引起家宅不和，已失去女子该有的优娴贞静，和品德操守，原该赐死！今天看在额驸求情的分上，免其死罪！着令削发为尼，青灯古佛，了此残生！"

吟霜脑中，轰然一响，伏在那儿，万念俱灰了。皓祯更是如遭雷击，面色惨变。两人都还来不及反应，雪如已扑上前去，"咚"地跪下，怪声哀求："皇上！臣妾斗胆，请皇上责罚臣妾，施恩吟霜吧！这家宅不和，皆因臣妾领导无方，管理不善，与吟霜无关呀！臣妾愿削发为尼，潜心礼佛，每天持斋诵经，以忏悔罪孽，但求吟霜免罪！"王爷惊骇极了，怎么也没想到雪如会胆大如此！又忘形如此！怎会要替代吟霜去削发为尼呢？他伸手想拉雪如，又不敢轻举妄动，整个人都不知所措了。

雪如这一个冒冒失失的举动，使皇上也大出意料。他看看雪如，看看皓祯，再看看吟霜。鼻子里重重地"哼"了一声，他气冲冲地说："看样子，传言不虚！这女子有何等蛊惑功夫，才能让你们一个个舍命相护！现在，谁都不许为她求情，我限你们三天以内，把这女子给我送到白云庵去！如三日之内不见交代，就派人前来捉拿，立即赐死！"皇上拂了拂袖子，回头再看公主。"至于兰馨，我带回宫去细细调养！等你们处理完了这段公案，再来接她！"皇上说完，带着众侍卫，往门外就走。

"恭送皇上！"王爷和家眷们又跪伏在地。

于是，皇上带着公主，连同崔姥姥、小玉等宫女，一起回宫去了。那公主不情不愿地跟着皇上离去，还不时地回头看皓祯。而皓祯，在这么巨大的晴天霹雳下，早已魂魄俱散，心神皆碎了。这天晚上，整个王府中，除了公主房以外，处处灯火通明。雪如抓着王爷的手腕，迫切地摇着，苦苦地求着："你再想想办法吧，好不好？你明儿进宫去，再求求皇上，请他开恩！吟霜才二十一岁，和皓祯情深义重，尘缘未了，送进尼姑庵里去，岂不是冒渎了青灯古佛！你去跟皇上说，咱们想尽办法来弥补公主，劝皓祯回头……只要能留下吟霜……""你好糊涂！"王爷忍不住对雪如严厉地说，"你难道还不明白，这事已经毫无转圜的余地！今天咱们都在刀口上掠过，全仗着公主在辞色之间，对皓祯仍然一片痴心，皇上才没有把我们全家治罪！现在不过是把吟霜送入白云庵，已经是皇恩浩荡了！你不要不识相，祸闯得已经够大了！现在，吟霜好歹有条活路，你再得寸进尺，她就只有死路一条了，你难道还看不出来，皇上对吟霜，实在是想除之而后快的吗？"

"那……那……"雪如震颤着，"好，我们要怎么办？要怎么办呢？""怎么办？"王爷一瞪眼，果决地说，"皇上虽给期限三天，咱们一天也不耽误，明天一早，就把吟霜送到白云庵去！"

雪如神情惨烈，目瞪口呆，一句话也说不出来了。

同时间，在静思山房，皓祯正站在吟霜面前，紧紧握着她的手，一脸激动地说："吟霜，咱们逃走吧！"

"逃走？"吟霜痴痴地看着皓祯。

"对！"皓祯用力地点点头，"没有人能帮助我们了，我们必须拯救自己的命运，除了逃走已无别的路可走了！我不要活生生和你拆散，不能忍受你削发为尼。逃吧！咱们逃到外地，逃到一个不知名的小地方，隐姓埋名，去过一夫一妻的简单生活！""奴才跟了你们去！"阿克丹一步向前，大声说，"保护你们，帮你们干活！""我也要去！"香绮拭了拭泪。

"好！豁出去了！"小寇子一拳捶在桌子上，"今夜摸黑走！我去帮贝勒爷收拾东西，香绮，你帮白姨太收拾收拾……"

吟霜热泪盈眶地看看皓祯，再看看三个义仆，终于投入皓祯的怀里，把皓祯紧紧一抱。

"哦！我真的很想说，好！我跟你去！咱们一块儿去浪迹天涯吧！可是……咱们真能这样做吗？这是违抗圣旨，罪在不赦，即使逃到天涯海角，真能逍遥法外吗？而且，咱们走了，阿玛和额娘怎么办呢？"吟霜想着雪如，想着自己肩上的"梅花烙"，更是别有情怀在心头，真正是柔肠寸断了，"咱们身为儿女，不曾孝顺过爹娘，只是……只是……让他们操了好多心……现在，还要一走了之，让他们来帮我们顶罪吗？"

皓祯震动着，清醒了。一时间，哑口无言。

小寇子、阿克丹和香绮都默默地垂下了头。

室内静了片刻，然后，皓祯猝然冲开去，用力地捶打着墙壁。"这太不公平了！这太没道理了！怎会发生这样的事？皇上因一时的愤怒，却决定了别人一世的悲苦！两个相爱的心灵，却注定不能相守在一起……这太没有天理了！这样的世界，我还能相信什么？神吗？佛吗？菩萨吗？它们都在哪里呢？都在哪里呢？"吟霜奔上前去，从背后抱住了皓祯，颤声说：

"青丝可断，我和你的情缘，永远永远不断！"

皓祯耸动着肩膀，无法回头，无法看吟霜。

"皓祯，你不要太难过，"吟霜咽着泪说，"说不定我是一只白狐，你就当我是只白狐吧！"

"你是吗？""我……"吟霜一怔，泪雾迷蒙，"可能是。我来报恩，我来还愿，如今恩情已经报完，我的……期限已到，必须走了！"

"你——是——吗？"皓祯再问，一字一字的。

吟霜的心，顿时粉碎了。她抱紧皓祯，哭着说：

"从来没有一个时刻，我这样期望自己是只白狐！如果我不是人，而是只狐，那有多好，那有多好……我真想，钻进你的衣袖里，追随你，陪伴你，今生今世，再不分开……"

第二十一章

第二天早上，全家老老少少，都不约而同地到了院子里，来送吟霜。王爷、雪如来了，翩翩和皓祥也来了，秦姥姥带着正室的丫环仆妇们，阿克丹带着练功房的侍卫们，小寇子带着宫女太监们，连翩翩房里的姥姥和丫头们……都纷纷来了，黑压压地站了一院子。原来，吟霜自入府后，虽然引起许多谣言和事端，但，她待人亲切谦和，平易近人，因而深得下人们的喜爱。再加上，自从"狐仙"之说，沸沸扬扬以后，这下人们对她更有一份尊敬和好奇。此时，全知道皇上赐令削发为尼，这一遁入空门，就再无相见之日，大家就都生出依依惜别的情绪来。当然，暗中，仍有许多声音，说这"白云庵"是"囚"不住"白狐"的！

吟霜穿着件白底蓝花的布衣，扎着同色的头巾，背着个小小的包袱，脸上脂粉未施，蛾眉未扫，看来依然清丽。那布衣布裙的装束，更给她增添了几分楚楚可怜。她站在院中，环顾四周，这庭院深深的王府，终究成不了她的"家"！这是"命中注定"的"悲剧"，是她一生下来就逃不掉的"悲剧"！

皓祯站在她身边，眼光始终跟随着她转，神情惨淡。

雪如的目光，更是紧锁在吟霜脸上，那眼里，哀哀切切，凄凄惶惶，诉说着内心几千几万种伤痛与不舍。

院中，那么多人，却一片沉寂，无人言语。唯有秋风瑟瑟，落叶飘飘。半晌，吟霜移步上前，在王爷面前跪下，她心中汹涌着一份特殊的感情，此时已无力隐藏，带着那么深切的孺慕之思，她轻轻柔柔地开了口：

"阿玛，从我入府以来，惹出了许多纷争，让你生气，烦恼不断，我真不是个好儿媳妇儿，请你原谅！现在我去了，一切麻烦也随我而去，这儿会恢复平静安宁的！"

王爷不由自主地，就被吟霜的眼光，触动了心中的柔情，不知道为什么，竟感到一股愧疚和不忍。

"你……不要怨我，"他也轻声说，"圣命难违，我也无可奈何了！我备了马车，有四个侍卫送你去，你……好好地去吧！""是！阿玛多保重了！"吟霜磕了个头。

王爷动容地点点头。吟霜转向了雪如，四目才一接，雪如眼中的泪，便滚滚而下。

"额娘的恩情，我无从报答，只有等来世了！"吟霜话中有话，含悲忍痛地说。"我不要等！我不能等！"雪如顿时崩溃了，痛哭失声。刹那间，所有的顾忌，所有的害怕，都不见了，她眼前只有吟霜，这个好不容易失而复得的孩子！"谁知道有没有来世，咱们有的就是今生，即使这个'今生'也已经恍如'隔世'了！我怎能再等？二十一年都被我们虚掷了，人生有几个二十一年呢？我不能等，我不要等了！"她抓着吟霜，狂乱而激动地喊，"如果你当不成我的儿媳妇儿，就当我的女儿吧！我不要你离开我，我不要你年纪轻轻，遁入空门！你是我的女儿呀……"王爷伸手去拉雪如："你不要悲伤过度，说些糊里糊涂的话吧！让她走吧！剃度以后，你还是可以去探望她的……"

"不！"雪如狂喊，扑上去抓住王爷的衣服，拼命摇着他，"你救救她！不能让她剃度……她是你的女儿呀，她是你亲生的女儿呀，她不是白狐，不会作祟，因为，她是咱们王府里的四格格呀……""额娘！"吟霜大叫，从地上跳起来，震惊地后退，"停止停止，不要说了！不要再说了！"

"雪如，"王爷蹙着眉头，大惑不解的，"你是怎么回事？真的被蛊惑了？迷失了本性吗？"

"对！我看就是这么一回事！"皓祥忽然插嘴，"阿玛，你快把这个来历不明的女子，送去白云庵吧！到了白云庵，就是庵里的事了，免得她继续害人呀！"

"不！不！"雪如狂喊，"她不是白狐，她是我的女儿呀，我亲生的女儿呀……"吟霜抬眼，飞快地看了皓祯一眼，皓祯惊愕地站在那儿，目不转睛地瞪着雪如，眼中盛满了惶惑。

"额娘！你不要乱说，不要乱说呀！"吟霜急切地嚷，心中一横，大喊出声，"我是白狐！我根本就是白狐……我已经把福晋蛊惑得胡言乱语，我又迷惑了额驸，我承认了！我，是白狐！是白狐，是白狐……""吟霜！"雪如扑过来，抓着吟霜的双肩，用力摇撼着，"你为什么要这样说？你为什么要承认自己是白狐？你宁愿承认自己是白狐，而不肯承认自己是我的女儿吗？你就这样恨我，这样不要原谅我吗？"她哭喊着，"当年偷龙转凤，我实在是情迫无奈，你要原谅我，你一定要原谅我呀……二十一年来，我都生活在悔恨之中呀……"

"够了！"王爷大叫一声，去扳雪如的身子，要把雪如和吟霜分开，"你因为舍不得吟霜，居然捏造出这样的谎言，你简直是发疯了！入魔了……"

"我没疯！我没疯！"雪如什么都顾不得了，"我苦瞒了你二十一年，现在说的才句句实言啊！吟霜确实是我们的女儿啊，她和皓祯同年同月同日生，事实上，是皓祯比她先出生了数日……在我生产那天，才抱进府里来……"

王爷悚然而惊，他抽了口冷气，某种"恐惧"一下子就抓住了他的心，他不要听了，他不敢听了，冲上前去，他一把扣住吟霜的手腕："你这个魔鬼，你这个怪物，立刻给我滚出去……"

"唰"的一声，王爷腰间的一把匕首，被雪如用力抽了出来。院落里围观的丫头侍卫宫女太监全失声惊呼："啊！……"雪如握着匕首，往脖子上一横，冷声说："亲生女儿不认我，丈夫也不相信我，我百口莫辩，眼看要骨肉分离，我生不如死……"她双目一阖，泪落如雨，咬紧牙关，绝望地说："自作孽……不可活！"手就用力，准备自刎。"娘啊！不要！"吟霜狂喊一声，扑上去，就伸手去抢那匕首，"不可以！不可以！娘……娘……娘……我认你！我认你，我认你，我认你……"不顾匕首的刀刃，已划伤了她的手指，硬是要把匕首拉开，"娘！你既是我的亲娘，怎忍心在二十一年后，再度弃我而去？"

"咚"的一声，匕首落地，雪如脖子上留下一道血痕，和吟霜手指上的血迹，互相辉映，触目惊心。

"你认我了？"雪如不相信地、做梦般地问，"你终于认我了？""娘啊！"吟霜痛楚地大喊，此时此刻，也什么都顾不得了。"我早就认你了，在我心底深处，已认你千回百回，可我不能说啊……""吟霜！"雪如激动地唤着，泪落如雨，"让你这一声娘喊得如此艰苦，我真是心碎呀！"

母女二人不禁抱头痛哭，浑然不知身在何方。

王爷、皓祯、皓祥、翩翩都呆怔地站着，各自陷在各自的震惊里。满院的人，全看傻了。

"哦!"半晌，翩翩才小声地对皓祥说，"这……白……白狐，好像功力高强啊?""够了!"雪如迅速地抬起头来，"不要再说白狐那一套!吟霜是我生的……"她看向皓祯:"对不起，皓祯……你……你……你不是我的儿子呀……"

皓祯面如死灰，脚下一个颠簸，身子摇摇欲坠。

"你骗人!"王爷陡地大吼了一声，猛地揪住雪如的衣襟，眼睛瞪得像铜铃，呼吸浊重，"你收回这些胡言乱语!我命令你!你立刻收回!我一个字也不要相信!毫无证据，一派胡言!你立刻收回去!""证据?你要证据是吧?"雪如凄绝地问，就伸出手去，蓦地把吟霜肩上的衣裳，往后用力一拉，露出了那个"梅花烙"。"这朵梅花烙，当初我亲手烙上去，就为了日后可以相认!"她从怀中，再掏出了那个梅花簪。"梅花簪"躺在她的掌心。"梅花烙"印在吟霜肩上。王爷大大地睁着眼睛，死死地瞪着那"梅花烙"，整个人呆怔着，像是变成了化石。

院中，又是死一般的沉寂。

然后，有个怪笑之声，突然扬起:

"哈哈哈哈!哈哈!哈哈哈……"

众人看去，怪笑的是皓祥。他扬着头，不可遏止地大笑着，笑声如夜枭的长啼，划破了沉寂的长空。

"哈哈哈哈！二十年以来，皓祯抢在我前面，什么都抢了第一！原来他只是个冒牌货！我才是真的，我才是王府中唯一的贝勒，却在他手下，"他指着皓祯，"被他处处控制，处处欺压，在我面前扮演长兄，扮演着神！哈哈！哈哈哈哈……"他笑着冲到翩翩面前，已经笑中带泪，恨声说："你虽然是个回回，也该有些大脑，你怎么允许这件事在你眼前发生？如果没有那个假贝勒，你早做了福晋，你懂不懂？懂不懂？你的懦弱，你的糊涂，害我到今天都无出头之日！"他再掉头，跌跌撞撞地冲到王爷面前去，对王爷激动地喊着："我知道，这许多年来，皓祯才是你的骄傲，皓祯才是你的快乐，皓祯才是你的光荣，皓祯才是你心目中真正的儿子！你从来就看不起我，对我不屑一顾！哈哈！多么讽刺啊！你这个不争气的，没出息的，让你看不顺眼的儿子，才真正流着你的血液！而那个让你骄傲，让你快乐，让你光荣的儿子，却不知道身上流着谁的血液……"

"啪"的一声，王爷以迅雷不及掩耳的速度，狠狠抽了皓祥一耳光，力道之猛，使皓祥站立不住，连连后退了好几步。翩翩急忙上前扶着他，惊愕地抬眼看王爷，似乎不相信王爷会出手打皓祥。王爷重重地吸了口气，痛楚地摇了摇头。他抬眼看看吟霜母女，看看皓祯，再看看皓祥，心中是一团混乱。各种震惊纷至沓来，紧紧紧紧地压迫着他。即使如此，他仍然对皓祥沉痛地、悲切地说了句：

"我但愿有个争气的假儿子，不愿有个尖酸刻薄、自私自利的真儿子！""你……你？"皓祥喘着气，嘴角，沁出血来。他颤抖着，无法置信地看着王爷。然后，他发狂般地大叫了一声："啊……"就双臂一震，把翩翩给震开了去。他挥舞着手，对王爷、对翩翩、对雪如和吟霜、对皓祯，对整个院子里吓傻了的仆役们，大声地吼了出来：

"什么硕亲王府？什么兄弟手足，什么父母子女，什么王爷额驸……我全看扁了！你们没有人在乎我，没有人关心我……好好好！我走我走！"他对大家一伸拳头，"咱们走着瞧！看那个假贝勒能嚣张到几时！"

说完，他掉转了身子，就像个负伤的野兽般号叫着冲出府外去了。满院静悄悄，谁也没有想去留他。所有的人，都各自深陷在各自的悲痛里。只有翩翩，她四面环顾，茫然已极，困惑已极，深受伤害地问："你们没有一个人要去留他吗？"她走到王爷面前："他是你唯一的儿子，是不是？你就这么一条香火血脉，是不是？"

"不是。"王爷目光呆滞，声音机械化的，"我还有皓祯！"

皓祯的身子摇了摇，使他不得不伸手扶住院中的一棵大树，他的眼光直直地望着王爷，王爷的眼光不由得被他吸引，热烈地看着他了。父子二人，目光这样一接，二十一年来的点点滴滴，全在两人眼底流过。谁说父子间一定要流着相同的血液？彼此的相知相惜，彼此的欣赏爱护，不是比血缘更重吗？两人眼中，交换着千言万语，两人的眼眶，都迅速地潮湿了。翩翩看看王爷，看看皓祯，看看拥抱在一起的吟霜和雪如，顿时明白到，真正的一家人，正在这儿。她只是当初献给王爷的一个"寿礼"，一个锦上添花，可有可无的"寿礼"！她往后退，一直退到了大门边，转身对门外大叫着：

"皓祥！等我！你要到哪儿去？我跟你一起去！皓祥……皓祥……皓祥……"她追着皓祥而去。吟霜的"白云庵"之行，就这样暂时打住。

一整天，王府中又是乱乱糟糟的。下人们，议论纷纷，主人们，神思恍惚。王爷和雪如，关着房门，"细说"当年往事。有无尽的悔，无尽的怨，无尽的责难，和无尽的伤心。当这些情绪都度过之后，还有无尽的惊奇，是怎样的因缘际会，才能让吟霜和皓祯，竟被命运的锁链，给牢牢地锁在一起！这样一"细说"，简直有说不完的故事和伤痛。说到日落西山，说到灯枯油尽，依然说不完。而皓祯和吟霜，在东跨院里，默然相对，都不知此身何在。忽然间，皓祯和吟霜的地位，已经易地而处。吟霜是王府的格格，皓祯才是无名的"弃婴"。这种变化，使两人都有些招架不住。尤其是皓祯，他几乎被这事实给打倒了。他整日神情木然，坐在那儿，长长久久都不说一语。

深夜，他终于想明白了，抬起头来，他怔怔地看着吟霜。

"我明白了，我在王府中，鸠占鹊巢二十一年，浑浑噩噩走这么一趟，目的就是领你进府，让你这只失巢乳燕，仍然能飞回故居！""你不明白！"吟霜盯着他，热烈地说，"冥冥中，自有天意！如果我俩自幼不曾相换，以我王室四格格的身份，养在深闺，哪有机会和你相遇？不论你是贩夫走卒，或是宗室之后，我们终此一生，都只是两个陌生人而已！上苍为了结合我们，实在用心良苦！如果现在时光能够倒移，我仍然要做白吟霜，不要做四格格！唯有如此，我才能拥有你这一份情！对我而言，这份情，比任何身份地位，都要贵重了几千几万倍！"他瞅着她，在她那炙热的眸子下，融化了。

"我明白了！"他再说，"我是贝勒，或是贫民，这都不重要！你是格格，或是卖唱女，也都不重要。重要的，是无论你是谁，我都爱你！无论我是谁，我也都爱你！"

她点头，深深地点头，偎进了他的怀里。

"有你这几句话，"她想着那青灯古佛的漫长岁月，"够我几生几世来回味了！"第二天，吟霜还来不及动身去白云庵，王府被一队官兵直闯了进来，带队的是刑部的佟瑞佟大人。手中拿着皇上的圣旨，他大声地朗读，王爷、雪如、皓祯、吟霜等都跪伏于地："奉天承运，皇帝诏曰，查额驸皓祯，并非硕亲王所出，实为抱养之子，却谎称子嗣，承袭爵位，此等欺君罔上，污蔑宗室之举，已紊乱皇族血脉，动摇国之根本，罪行重大！姑念硕亲王与福晋乃皇亲国戚，特免死罪，着即监禁两年，降为庶民，硕亲王府其余人等，一概革爵撤封，府第归公，择日迁居。白吟霜斥令削发为尼。皓祯以来历不明之身，谬得额驸之尊，罪不可赦，当处极刑！三日后午时，斩立决！钦此！"

第二十二章

　　王爷、雪如，和皓祯就这样入了狱。吟霜暂时无人拘管，因圣旨上未曾明示，何时削发，何时为尼。

　　王府中顿时一团混乱，官兵押走了王爷等人之时，顺便洗劫了王府。除了公主房以外，几乎每个房间都难逃厄运，箱箱笼笼全被翻开推倒，衣裳钗环散了一地。丫环仆佣眼看大势已去，又深怕遭到波及，竟逃的逃，走的走，连夜就散去了大半。一夜之间，偌大的王府，变成一座空旷的死城。

　　北国的秋，特别萧飒。银杏树的叶子，又落了满地，无人清扫。亭亭台台、楼楼阁阁，和院院落落，再也听不到人声笑语，看不到衣钗鬓影。苍苔露冷，幽径花残。长长的回廊上，冷冷清清，杳无人影。只有层层落叶，在寒风中翻翻滚滚，从长廊的这一头，一直滚向那一头。

昔日繁华，转眼间都成过去。

第二天，皓祥和翩翩回来了，看到府中这等残破景象，不禁面面相觑，说不出话来。等到知道圣旨上竟是：

"硕亲王府其余人等，一概削爵撤封，府第归公，择日迁居……"

皓祥就大大一震，愣愣地说：

"怎会这样呢？难道我们进宫告密，都没有功劳吗？为什么把我革爵，降为庶民？我没有欺君，我没有犯上呀！这太不公平了！"秦姥姥颤巍巍地走上前来，抖着手，指着皓祥说：

"心存恶念啊！祸虽未至，福已远离。"

阿克丹不知从何方冲出，伸手就抓住皓祥胸前的衣服，怒目圆睁地爆出一吼："对！这叫报应，你们害人害己，不仅是无福之人，更是王府的罪人！"小寇子也冲过来了："你们让王爷福晋入狱，让额驸判了死刑，你们于心能安吗？你们夜里睡得着吗？如今，金钱财物，花园房舍，荣华富贵一起失去，你们就满意了吗？……"

"你……你……你这个臭奴才！"皓祥又气又恨，对小寇子伸出了拳头，"我要你好看！"

"算了吧！"阿克丹把皓祥用力一推，推倒于地，"你已经被降为庶民了！省省你的少爷架子吧！王爷和额驸垮了，你还有什么天下……你睁大眼睛看看，王府中还留下了什么？"

翩翩环顾四周，天愁地惨，一片荒凉。箱笼遍地，杂物纷陈……她整颗心都揪起来了，整个人都失神了。就在此时，吟霜气急败坏地奔了过来，一见到翩翩，竟像见到唯一的救星般，对翩翩就跪了下去：

"侧福晋！请你救救大家吧！我已经走投无路了！从昨天到现在，我去了都统府，去了悦王府，康王府，还去了大格格、二格格、三格格家里……大家听说是硕亲王府来的，就慌慌张张地关上大门，根本没有人肯见我！连我那嫡亲的姨妈，都连夜出京避风头去了……我现在只有一条路可走，就是进宫去见公主！侧福晋，我知道你才从宫里回来，你和公主，一直走得很近，你和那崔姥姥，也很投缘。请你帮我，那宫门森严，我进不去！你想想法子，让我和公主见上一见，让我去求公主……要不然，皓祯是死路一条，阿玛和额娘在牢狱里，也是活不成的！我求求你……"她对翩翩"嘣嘣嘣"地磕下头去，"把我扮成宫女，把我扮成你的丫环，带我进宫去吧！"翩翩见吟霜说得声泪俱下，磕头如捣蒜，心中不禁紧紧一抽。毕竟，她在王府中已二十年，又何忍见王府瓦解凋零！她凝视吟霜，终于明白吟霜只是人而不是狐，她进不了那座宫门，但是，进去又有何用？

"那公主，"翩翩勉强地开了口，喉中涩涩的，"她恨你都来不及，怎会帮你呢？""不管她帮不帮，这是最后的一条路了！"吟霜悲喊着，"只剩两天了，后天此时，皓祯就身首异处了！事不宜迟，请你帮我做最后的努力，请你！求你！拜托你……"她再磕下头去，额头都磕肿了。"也罢！"翩翩看着那荒凉的庭院，"我立刻就去打点布置，看能不能打通崔姥姥那一关！"

这一布置，一直到第二天晚上，崔姥姥才同意了，愿带吟霜见公主。事实上，崔姥姥有崔姥姥的想法，只有她最深地体会出公主对额驸的一番心。如今，额驸问斩，公主这一片痴心，将系向何方？如能留下人来，则日久天长，一切仍然有望……而且，而且……

于是，这天晚上，吟霜打扮成宫女，被崔姥姥从偏门中，悄悄带进了宫。这已是皓祯的最后一夜了。

公主在那寝宫之中，不住踱着步子，"花盆底"的宫鞋，踏在青砖地上，笃笃有声，敲碎了那寂静的夜，也踩碎了公主自己的心。"公主！"崔姥姥带进吟霜来，"有人求见！"

公主乍见吟霜，吓了好大一跳。

"怎么？怎……么！又是你！你连皇宫都进得来？你的法力越来越大了……"她慌乱地回头喊，"崔姥姥！崔姥姥！"

"是我带她进来的！"崔姥姥哀伤地看着公主，"现在真相都已经大白了，她根本不是白狐，皇上不是对你都说过了吗？你再不用怕她了！你和她的心病，也应该解一解了，要不然，你这一辈子，都要这样恍恍惚惚地度过吗？醒一醒吧！公主！"

"不是白狐？不是白狐？"公主仍然神魂不定，怔忡地瞪视着吟霜，"我不知道，一切都把我搅糊涂了！皇阿玛说我嫁的是个假皇亲，他要把他处死，好，那我不是成了寡妇吗？你……"她目不转睛地看着吟霜，"你……你那么神通广大，怎么不去救皓祯呢？""我如果真的神通广大，如果真的法力无边，"吟霜悲痛地说，"我还会来求你吗？我早就去施法了！"她往前一步，急促地抓住了公主的双臂，忍不住就给她一阵摇撼："公主！请你清醒过来！你一定要清醒过来！因为皓祯已到最后关头，明日午时，就要处死了！不管他是真皇亲，还是假皇亲，他是真贝勒，还是假贝勒……他都是我们两个人的丈夫呀！是我们两个人都深深爱着的、唯一的、真正的丈夫呀！"

公主大大地震动了，眼睛睁得圆滚滚的，呼吸急促地鼓动着胸腔，眼光一瞬也不瞬地盯着吟霜。

"公主，你的敌人是我，不是白狐！不要因为你自己的挫败，而逃避到'白狐'的邪说里去！你要站起来，跟我争皓祯，跟我抢皓祯，说不定，有一天你会赢过我！如果皓祯死了，你就再也赢不了了！"

公主脸色一动，眼中闪闪发光。她挺了挺下巴，又有了"公主"的权威。"你不要对我用激将法，"她冷冷地说，"皓祯死了，你也赢不了了！""哦！这就是你的想法！"吟霜激动地嚷道，"可见你的内心深处，仍然是清醒明白的！你宁愿皓祯死掉，我们两个都做输家，也不愿意皓祯活着，却只爱我一个！你要用死亡来终止皓祯对我的爱！"她点着头，眼光凌厉，灼灼然地逼视着公主，"你有你的骄傲，你的自尊，但，到了最后，你却走了一步这样窝囊的棋！这步棋，让你这一生都输定了，永远没有翻身的机会！"公主紧紧地闭着嘴唇，不说话。

"但是，"吟霜继续说，一句比一句有力，"你能不爱他吗？你能不想他吗？你能不希望他有回报吗？大婚之夜，合卺之时……往日种种，难道都不曾在你回忆中萦绕吗？他的死亡，能让这所有的相思回忆都一笔勾销吗？"她盯着公主的眼睛，急切地说："我们谈一个条件，好不好？只要你救了皓祯，我保证消失在你们面前，我用我的死亡来交换皓祯！没有了我，你还有一生一世的时间，来赢得皓祯的心！"

公主牵动了一下嘴角，眼中闪过一抹痛楚。

"你死了，"她眼神缥缈，"他的心会跟着你走，我才没那么傻！""那么，我不死！皇上已下令，要我去当尼姑，青灯古佛，长伴一生，再也不来打扰你们。"

"你当了尼姑，他会在尼姑庵前结庐而居！"

"他不会，他还有父母要侍奉……"

"他会。我已经太了解他了！"

"那么，去向皇上求情，赦免了我们，和我共有他吧！你救了王爷和福晋，皓祯感恩，我也感恩，让我们三个，和平共处！那总好过你为他守寡，是不是？"吟霜喊着，去抓公主的手。公主神情一恸，挣脱了吟霜。

"你走！"她简单地说，"我已经让自己变得麻木不仁了，你说任何话，对我都没有作用了！你走！我不要见你！也不要听你！"吟霜绝望到了极点，她瞪视着公主，只看到一张心灰意冷、毫无表情的脸孔。麻木不仁！是的，她已经无动于衷，麻木不仁了。"公主！"她做最后一搏，"死亡没有办法结束人间的真爱，只能把它化为永恒，与天地同在……"

"够了够了！"公主愤然地一把推开吟霜，激烈地冲着她喊，"我知道你们的爱崇高伟大极了，与日月同辉，与天地同在！这么伟大的爱，还怕'死亡'吗？他死了，你尽可跟着他去！你走！我不管你是人是狐、是鬼是神，我已经受够了你！我再也不要见到你……"

吟霜的身子往后退，一直退到门边，然后，她坚决地、木然地转过身子，直挺挺地走了出去。脸上，已没有来时的惶恐无助，取而代之的，是一种视死如归的坚毅。是的，公主说得好：这么伟大的爱，还怕"死亡"吗？

同一时间，在宫中的大牢里，皇上特别恩准，让王爷、雪如与皓祯共进最后的晚餐。

狱卒送进了佳肴美酒，叹口气说：

"大限在明日午时，一早就得动身赴法场，这一顿请好好享用吧！"王爷和雪如，看着托盘里那六碟小菜、一壶美酒，真是痛入心扉。皓祯走过来，斟了一杯满满的酒，就双手捧着，对王爷和雪如跪了下去，诚挚地说：

"阿玛，额娘，我糊里糊涂，当了你们二十一年的儿子，这二十一年来，我带给你们的欢乐不多，带给你们的烦恼和痛苦却不少！原以为有一生的时间，可以承欢膝下，不料这么短暂，就要分离……阿玛与额娘的恩情，只有等来生再报。这杯酒，我敬你们两位，心中有句话，想对你们说；谢谢你们抱养了我！生我者是谁，我不知道，养我育我的，是你们，谢谢你们给了我这样丰富的一生，我真的不虚此行了！"他一仰头，把杯子里的酒干了。雪如已泪落如雨，号哭着把皓祯抱住："你还说这种话，每个字都刺痛我的心呀！娘对不起你，是我一手改写了你的命运，是我一手促成了你今天的悲剧，没有我，你今天或者在某处某地，安居乐业，娶妻生子，好好地过着你的人生！""也许是吧！"皓祯说，"可是那样，我就不会遇见吟霜了，正像吟霜说的，如果可以从头来过，让我们选择自己的命运，我们仍然选择现在的局面！"他看着雪如，叮嘱着："照顾吟霜！"雪如拼命点头，说不出话来了，心酸已极。泪，完全无法控制地滚滚流下。王爷站在一边，眼光直直地看着这对母子，竟无法开口。好半晌，他才佝偻着身子，去装了一碗饭，又夹了好多菜，拿着碗筷，递给皓祯。这是他生平第一次，为人盛饭。"饭菜凉了……"他哽咽地说，"你……趁热吃了吧！"他的手抖抖索索的。"是！"皓祯慌忙双手接过碗来。

王爷一瞬也不瞬，定定地看着皓祯。皓祯勉强地拿着筷子，扒着饭粒往嘴里送去，尽管食难下咽，却努力地、一口一口地吃着。王爷贪婪地看着他，似乎想把他整个身影，都攫入内心深处去。他嘴里，喃喃地说着：

"儿子，好好吃一点儿……"他心中有千言万语想要表达，嘴唇颤抖着。最后，仍然只是困难地重复了一句："儿子！吃饱一点儿！"皓祯看了王爷一眼，鼻塞声重地应了一个字：

"好！"

然后，他就端着饭碗，努力而专心地吃着那餐饭。王爷和福晋，痴痴地看着他吃。三个人就这样默默相对，大牢内一灯如豆，夜寒如水。寂静的夜里，只有碗筷相碰的声音。

第二十三章

一清早，通往法场的这条大路，就挤满了人，万头攒动，人声鼎沸。大家你挤我、我挤你地想挤到大路边上去，看一眼今天要被斩首的那个驸马爷。

终于，囚车来了。监斩官刑部佟大人打前阵，骑着一匹枣红色骏马前行，后面跟着双排卫兵，卫兵后面是囚车。囚车后面又是双排卫兵。马蹄、卫兵、囚车……冲开了围观的群众。"看呀！看呀！"群众推挤着，争先恐后地跳着叫着，莫名其妙地兴奋着，"是个好漂亮的年轻人呀……"

"听说有宝石顶戴，是个小王爷呀！"

"呵！来头大着呢！是硕亲王府里的贝勒，是兰公主的额驸，还是御前行走呢！""这么大的来头，怎么年纪轻轻就犯了死罪呢？……"

"……"大家你一言、我一语的，又叫又嚷，议论纷纷。

皓祯昂首站在囚车里。囚车的车顶，有个圆孔，他的脖子从圆孔中伸出，头露在车外，身子在车里，双手负于身后，紧紧捆绑着。他虽然憔悴清癯，却不像一般犯人那样蓬首垢面。雪如在天亮前还帮他梳了头发。他衣饰整洁，神情肃穆。站在那儿，依然有一股浩然正气。这样奇怪的"死囚犯"，使群众看得更兴奋了。忽然间，人群间传来一声尖锐而凄厉的呼号：

"皓祯！等等我！我来了！"

皓祯全身一震，定睛对人群中看去。

吟霜全身缟素，白衣白裳，头上绑着白色的孝带，奋力冲破人潮，狂奔着追向囚车。

"皓祯！"她边跑边喊着，"我来送你了！我一定要见你这最后一面，让你知道我的心意……"

皓祯看到吟霜了，本能的，他想扑过去，但是脖子被圈住，整个人都动弹不得。他踮着脚，奋力伸长了脖子，急切地大喊："老天有眼，让我还能看到你！吟霜，为我珍重！为我珍重！听到了吗？要为我珍重呀！"

群众一阵骚动，见吟霜势如拼命般杀出重围，大家竟不由自主地让出一条路来。吟霜追着囚车急跑，终于给她追上了囚车，死命地抓住了栏杆，整个人都挂在囚车上了。

"皓祯！你听着！"她急促地，悲凄地，一连串地喊出来，"你我这一份心，这一片情，天知、地知、你知、我知，鬼神万物都是我们的证人……生也好，死也好；今生也好，来生也好，我都是你的！永远永远都是你的……"

"吟霜！"皓祯也喊着，"有情如你，我死而无憾了！你说出来的话，我都知道，你没说出来的话，我也知道！我对你只有一个要求，要为我活下去！要为我报答阿玛和额娘……""不不不！"吟霜激烈地摇着头，"只有这一句，不能依你！你生我也生，你亡我也亡！"

"吟霜！"皓祯怒喊，"知我如你，怎不听从我？"

两人隔着囚车，忘形狂叫。这等奇异景象，使观众都看呆了。监斩官佟大人回头一看，不禁又惊又怒，勒住马，大吼了一句："这成何体统？卫兵！拉她下去！"

"是！"卫兵们大声应着，就冲上前去，拉住吟霜双手，要把她拖下车来。吟霜的手指，死命扣住栏杆，徒劳地挣扎着，一面对皓祯急喊着："我的话还没说完……皓祯……皓祯……"

她怎敌得过卫兵们的力气，才喊了两声，已被卫兵们七手八脚地拖了下来。她乍然松手，整个人滚倒在地上，被卫兵们用长矛阻绝，趴在地上，无法前进。

"吟霜！回去吧！吟霜……"皓祯凄厉地喊着。囚车继续向前走，人潮随即掩至，吟霜的那小小的白色身影，已迅速地被人潮所吞噬。他不禁仰头向天，自肺腑中绞出一声哀号："啊……"囚车到了刑场。刑场正中，断头台像个狰狞的怪兽，耸立着。

卫兵们四面八方，重重地围护着刑台，以防意外发生。台上，刽子手已经在等候，鼓手也手执鼓槌，站在那面大鼓前，等着擂鼓。台下，围观的群众仍在争先恐后地伸头伸脑，议论纷纷。在群众前面与刑台之间，阿克丹和小寇子跪在一具棺柩前面，等着收尸。皇上特别恩准，看在皓祯曾为额驸的分上，允许硕亲王府收尸下葬。对"斩首"的犯人来说，确是一项大恩。平常，首级是要挂在城墙上示众的。

皓祯下了囚车，被卫兵们推往刑台上去。

阿克丹和小寇子，立刻双双磕下头去，激动地说：

"贝勒爷！奴才们给您磕头！"

皓祯一见到他们两个人，就也激动了起来。

"小寇子，阿克丹，你们不要送我！你们应该去守着吟霜呀！她被卫兵们拉了下去，现在不知道身在何方……"

小寇子眼眶一热，泪水已夺眶而出。

"贝勒爷！"他坦白地说，"此时此刻，我们谁也顾不了谁了，只有各尽各的本分……"

皓祯无法再说什么，已经被带上了刑台。

佟大人走上了监斩官的位子。

皓祯被推到断头台刑具面前，刑具上有个凹槽，等着头颅搁上去。刽子手站到了皓祯身后，手上的大刀迎着阳光闪熠。时辰未到，大家等待着。太阳正向头顶缓缓移动。

群众你推我挤，睁大了眼睛，吵吵嚷嚷，生怕错过了这场"死亡"大戏。就在这等待的时刻里，吟霜又追了过来，奋力狂奔着，她的白衣白头带，全在肃杀的秋风中飞舞，嘴里，她不顾一切地狂喊着：

"皓……祯……"

群众太惊愕了，被这种凄厉的身影所震慑，纷纷退避。

吟霜已直扑台前。"吟霜！"皓祯震动已极，嘶声急喊，"这是刑场啊！你到刑场来做什么？快回去！快回去！我不要你目睹我的死！我只要你记住我的生！回去！什么都不要说了，回去！"

"你甚至不要我送你吗？"吟霜喊着。

"维持住你心里那个我！不必看着我身首异处！"皓祯撕裂般地狂吼着，"不要！我不要！你回去！快回去！"

吟霜明白了，了解了。和皓祯这番轰轰烈烈的相知和相爱，彼此在对方心中眼中，都是最完美的形象。她点了点头，心领神会。带着一脸的坚决，她眼神热烈，双眸在阳光下闪闪发光，她清晰地、坚定地喊着：

"我明白了！我这就回去！"她紧紧盯着皓祯，"我们生相从，死相随！午时钟响，魂魄和你相会！天上人间，必然相聚！"喊完，她一转头，就从来时的路上，飞奔而去了。

皓祯看着她的背影，他没有再喊她，没有再说任何的话。他已从她那坚定的眼神中，读出了她内心的毅然决然。蓦然间，他觉得怦然解脱。不再激动，不再牵挂。仰头看天，太阳正向头顶移动，是的，"午时钟响，魂魄相会，天上人间，必然相聚！"如果此生活着，未能尽情地爱，死去，总该魂魄相依了。"午时钟响，魂魄相会！天上人间，必然相聚！"他喃喃复诵着吟霜的句子，又加了两句："生而无欢，死而何惧？"

同一时间，公主在回廊里走来走去，走去走来。她那急促的脚步声，和她那急促的心跳声，汇合成一股音浪，在她脑中耳中，疯狂般地回响着：

"皓祯，皓祯，皓祯，皓祯，皓祯……"

脚步愈急，心跳愈急。心跳愈急，回响愈急：

"皓祯，皓祯，皓祯，皓祯，皓祯……"

崔姥姥一动也不动地站在廊下，眼光定定地看着公主。不时，就幽幽地报上一句："公主，辰时正了！""公主，巳时正了！""公主，巳时一刻！""公主，巳时二刻！"公主蓦然止步，仰头看天，太阳已向头顶移动。

公主反身，往御书房直奔而去。见到了皇上，她扑跪于地，磕头如捣蒜。"皇阿玛，兰馨给你磕头啊！兰馨给你磕头啊！兰馨给你磕头啊……"她不断地说着，忘形地说着，不停地磕头。

"不许磕头！"皇上一怒而起，"世上不是只有这一个男子，你还年轻，皇阿玛会为你做主……"

"皇阿玛，兰馨更重地磕下头去，"你早已为我做过主了！兰馨给你磕头，兰馨给你磕头……"

皇上瞪着公主，震动得无言可答。

刑场上，差一刻就到午时。

鼓手开始擂鼓，鼓声急响。

皓祯被推到刑具最前方，他跪了下来，脸上一无所惧。那刑具的凹槽就在眼前，不知有多少头颅，已从这凹槽中滚落了下去。鼓声越急。群众都已鸦雀无声。

远远的钟楼，钟声骤响。

监斩的佟大人，大声宣布："午时正！行刑！"皓祯将头放入凹槽内，引颈待戮。鼓声乍止。刽子手举起了大刀。就在此时，公主一人一骑，飞快地赶了过来，手里高高地举着"圣旨"，嘴里，疯狂地大喊着：

"有圣旨啊！有圣旨啊！有圣旨啊！"

群众再度骚动。刽子手立刻抽刀退后。台下的阿克丹和小寇子，惊喜地抬起头来，眼望着公主赶到台下，翻身落马。

佟大人跪着接了圣旨，大声地朗读：

"额驸皓祯立即免罪释放，不得有误！钦此！"

群众都哗然大叫起来了，有的叫好，有的拍手，有的失望，有的跌脚，有的弄不清状况，问来问去，有的啧啧称奇，认为吟霜喊动了天，喊动了地……就在这一团乱中，皓祯被松了绑，不敢相信地站起身来，呆呆地看着那满面泪痕，惊魂未定的兰馨公主。"兰馨……"他喃喃地念着她的名字。

阿克丹和小寇子已经扑上前来，对公主倒身就拜。

"皇恩浩荡啊！"阿克丹喊着，"奴才叩谢万岁爷恩典，叩谢公主恩典！"

皓祯一见阿克丹和小寇子，骤然间醒觉过来，顿时心惊肉跳。"午时钟响，魂魄相会！"他念叨着，破口狂呼出一声，"吟霜！不……要……"然后，他看到公主骑来的那匹快马，他不假思索地纵身一跃，落在马背上。拉起马缰，就策马狂奔。群众纷纷走避，又是一场大惊大乱。"吟霜！等我！等我！一定要等我……"

皓祯一路狂喊着，如飞般消失在道路尽头。

第
二
十
四
章

钟楼敲响午时的第一响时，吟霜把一卷三尺白绫抛上了屋梁。秦姥姥和香绮跪落在地，双双扶着吟霜脚下的凳子。两人都了解，吟霜死志之坚，万难劝解。何况，皓祯此时，大约已人头落地，他们二人的"人间"约会已散，"天上"约会才刚刚开始。"奴才恭送白姨娘，祝白姨娘和贝勒爷……魂魄相依，再不分离！"香绮说不出话来，伏在地上，哭得肝肠寸断。

"咯噔"一声，椅子被踢翻。秦姥姥和香绮都震动着，谁也不敢抬头。只听到远远的钟楼，继续敲着钟声，最后一响结束了，余音仍然绵绵邈邈，回荡在瑟瑟秋风里，回荡在庭院深深里。过了好片刻，秦姥姥才站起身来，向上仰望，吟霜的一缕香魂，早已归去，脸色仍栩栩如生。她抱住了吟霜的脚，和香绮两个，合力解下了吟霜。

把吟霜放在床上，秦姥姥细心地为她整理衣衫，梳好发髻，簪上钗环。香绮在一边，眼泪簌簌直掉，看吟霜未曾眼凸舌露，阖着眼就像熟睡一般，她痴心以为，吟霜未死。死亡不应该是这么容易的事。但伸手去她鼻下，才发现呼吸俱无。她骤然间心中大恸，哭倒在秦姥姥怀里。

"香绮，别哭！"秦姥姥说着，自己却老泪纵横，"吟霜这一生，从呱呱落地，就被烙上烙印，送出府去，放入河中……然后和皓祯相遇，又不能相守，饱受折磨。她过得好辛苦。现在，不苦了！再也不苦了，天上，有皓祯少爷等着她，会把她接了去。他们两个，会守在一起，不怕任何风波灾难了……"秦姥姥话未说完，皓祯已像旋风般卷入府来，直奔静思山房，嘴里狂叫着："吟霜！吟霜！吟霜……"

"是贝勒爷！"香绮大叫，跳起身，冲到门外去，扶着门，就整个人都傻了。双腿一软，她跪下去，悲声大叫："贝勒爷！你怎么回来了？你是人，还是鬼？你来接小姐吗？"

秦姥姥也冲了出来，脸孔雪白。皓祯明白了，他已来迟一步。他走进了吟霜的房间，看到床上的吟霜了。她躺在那儿，宁静安详，两排睫毛密密地合着，唇边似乎还有个浅浅的微笑。他一直走到床边，定定地看着她。

然后，他弯下身子，伸出颤抖的双手，把她抱了起来。紧拥在怀中，他依偎着她的面颊，低低地、喃喃地说：

"午时钟响，魂魄相会，天上人间，必然相聚！吟霜，我一直没办法保护你，没办法和你过最普通最平凡的夫妻生活，没办法回报你的一片深情……最后，连午时钟响的约会，我又误了期！你现在一个人走，岂不孤独？找不到我，你要怎么办？"他抱着她向门外走去，"不！我不会让你再孤独，咱们找一块净土，从此与世无争，做一对神仙眷侣，重新来过，好吗？好吗？事到如今，再也没有任何力量，可以拆散我们了！即使是'生'与'死'，也不能拆散我们了……"

王爷和雪如，一得到皇上的特赦，就立刻扑奔家门。王府门口，一片静悄悄，大门洞开着，门口也无人把守。门内，地上积了数日的落叶，像一层褐色的地毯。皓祯骑来的那匹马，正独自在院中踢腿喷气，扬起了满院落叶。

王爷和雪如交换了一个视线，彼此都在对方眼中看到了恐惧。两人还来不及进府，忽然听到一团人声，两人回头一看，原来阿克丹和小寇子，簇拥着公主回来了。

公主一眼就看到了自己的坐骑，她对王爷和雪如急呼：

"你们见到皓祯了？马在这儿，他已经到家了！"

"他果然得到特赦？"王爷悲喜交集地问，"你确实把他救下来了？他怎么没有跟你一起回来……"

公主尚未搭话，府内忽然传来一片哭叫之声。王爷、雪如、公主都悚然而惊，急忙冲入大门。

皓祯抱着吟霜的尸体，直直地、面无表情地从内院走了出来。他一步一步地迈着步子，眼光望着前方不知道的地方，对于周遭的一切，视而不见，听而不闻。

在他身后，皓祥死命地想拉住他，拼命喊着。翩翩、秦姥姥、香绮也追在后面，各喊各的，各哭各的，一片天愁地惨。"哥哥！你要去哪里？"皓祥嚷着，在他这一生中，只有此时，"哥哥"二字叫得如此真挚。

"人死不能复生，你要节哀呀！好在你我都留得命在，未来还长着呀……"他一抬头，见到王爷和雪如，就扑奔上前，求救地喊："阿玛，大娘，你们快来拦住哥哥呀！"

王爷和雪如瞪视着皓祯，瞪视着皓祯臂弯中，动也不动，了无生气的吟霜，两人都吓傻了。呆呆站在那儿，在巨大的惊惧当中，无人能够说话了。

皓祯也机械化地站定了。

秦姥姥往前一冲，痛断肝肠地哭着说：

"王爷、福晋，吟霜小姐，一心一意要追随贝勒爷，午时钟响，就自我了断了……没料到贝勒爷赶了回来，就……就……就这样阴错阳差了。"

雪如双眼发直，一个劲儿地摇头，小声地呢喃着：

"不……那不会是吟霜……不可以的……那不是吟

霜，不是，不是……我的吟霜一出世就多灾多难，一场场浩劫都熬过去了……这不是的，不会的……"她不住口地，低低地叽咕着，整个人都失神了。王爷一个颠簸，几乎站立不住。他的面孔扭曲着，张嘴欲哭，却哭不出声音，最后发出了哀号：

"怎么会这样呢？一切的灾难都结束了，我们一家人，正该好好团聚……"他突然冲向了皓祯，用双手捧起吟霜的脸，仔细地看着她，沙哑地说："我从来不知道你是我的骨肉，不曾有一天善待过你，现在才知道真相，正预备好好补偿，你怎么可以这样去了？不行不行！我不准！我不准！"

皓祯木然地站着，紧紧抱着吟霜。任凭王爷和雪如，拉的拉、扯的扯，他就是站立着，纹风不动。

阿克丹和小寇子，见了这等场面，两人双双跪地。

"为什么好人会死？"阿克丹抬首向天，"为什么像白姨太这样善良的人，要比我们都早一步？"

"白姨太，回来吧！"小寇子哭得悲切，"你和贝勒爷约好了，要同生同死，现在贝勒爷已经回来了，你也回来吧！老天爷，你显显灵吧！让吟霜小姐活过来呀！"

翩翩整个人痉挛着，支撑不住地抓着皓祥的手，颤抖着对吟霜、皓祯、王爷、雪如四人跪了下去。"天啊！"她哭着，"我们做了什么？我们……作了什么孽……什么孽呀……""是我作的孽！"王爷痛喊，"是我，是我……"

"是我！"雪如接着喊，"是我呀！是我呀……"

"然而，"王爷痛哭着，"我们联合起来，作了这番罪孽，却要让吟霜一人来承担吗？……"

大家哭的哭，叫的叫，一片凄风苦雨。只有兰馨，她震动已极地看着这一切，脑中清楚浮现的，是吟霜前晚才说过的话：死亡没有办法结束人们的真爱，只能把它化为永恒，与天地同在！她深深地吸着气，一瞬也不瞬地凝视着皓祯，和皓祯臂弯里，已进入"永恒"的吟霜。内心掠过一抹尖锐的刺痛：她输了！这场两个女人的战争，她已经彻底地输了。

皓祯不再伫立。他的神情始终严肃、镇定，而坚决。眼光也始终直直地望向远方。此时，他挣开了家人，抱着吟霜，又继续往大门走去。兰馨公主再也站不住了，她拦了过去，惊痛地问："你要抱着她到哪里去？"

皓祯继续注视前方，声音空空洞洞的，像来自深幽的山谷：

"她从哪里来，我就带她到哪里去！我现在终于知道了！她是白狐，原属于荒野草原，来人间走这一遭，尝尽爱恨情仇，如今债已还完，她不是死了，而是不如归去。我这就带她到大草原去，说不定……她就会活过来，化为一只白狐，飘然远去……在我记忆深处，好像……好像几千年前，我也是一只白狐，我们曾经在遥远的天边，并肩走过……说不定，我也会化为白狐，追随她而去……"

这篇似是而非的话，说得每一个人都呆住了。

在一片死寂之中，竟没有一个人再要拦阻皓祯，他就抱着吟霜，往外面走去。公主怔了怔，又心碎，又震撼。她忍不住冲上前喊：

"不要糊涂了，她不是什么白狐，她是人生父母养的！是王府的四格格呀，怎么会是只狐狸呢？过去是我不能面对现实，所以把她和白狐硬扣在一起，弄得整个王府飞短流长，一切都是我不好，我……我很遗憾结局竟是如此，可人死不能复生，伤痛之余，你也应该珍惜自己死里逃生，珍惜整个家族化险为夷，是不是？父母需要安慰，王府需要重新建设，你没有了吟霜，但是……你还有我呀！你瞧，我的脑子已经不糊涂，人也明白过来了！让我支持着你，陪伴着你，好不好？"

皓祯面无表情，无动于衷地身子一侧，就和公主擦身而过。他走到了那匹马前面，把吟霜放上了马背。

公主一急，冲到王爷和雪如的面前：

"他真的要走了，你们都不阻止他吗？"

王爷呆怔着，一句话也不说。雪如却像着了魔一般，心神恍惚地，低低喃喃地说：

"回归原野……飘然远去……这样也好，这样也好，说不定几千年前，他们是一对白狐，一对恩爱夫妻……这样也好，生而为人，不如化而为狐……去吧去吧——"

公主慌乱四顾，人人都着魔似的悲凄着，人人都深陷在"白狐"那缥缈的境界里。她恐慌地大喊：

"她是人，她是人，她不是白狐呀！不是白狐呀……"

没有人理会她。而皓祯，已跨上马背。他拥紧了吟霜，重重地一拉马缰，那马儿昂起头来，发出一声长嘶，狂奔而去。

"皓祯！"公主紧追于马后，哀声大叫着，"你究竟要去哪里？你什么时候回来？皓祯……天下不是只有你一个人懂感情！天下不是只有你一个人有遗憾！你这样一走了之，丢下的债，你几生几世也还不清……"

皓祯策马，绝尘而去。把公主、王爷、雪如、皓祥、翩翩、阿克丹、小寇子、秦姥姥、香绮……全抛在身后，把人世间种种恩恩怨怨、纠纠缠缠、牵牵挂挂……都一齐抛下。

他越骑越快，越跑越远，始终不曾回顾。马蹄扬起一路的尘埃，把往日繁华，全体遮掩。

远处，有苍翠的山，有茂密的林，有无尽的旷野，有辽阔的草原……他奔驰着，一直奔向那遥远的天边——

——全书完——

1993 年 7 月 26 日于台北可园

《梅花三弄》后记

　　1971 年，我写了一系列的中篇小说，背景是明朝，收集在我《白狐》一书中，早已出版。

　　事隔二十年，我从事了电视连续剧的制作，非常狂热于剧本的研讨，和题材的选择。适逢台湾开放赴大陆制作电视节目，而我在阔别四十年后再回到大陆探亲，惊见故国河山，美景无限。处处有古典的楼台亭阁，令人发怀古之幽思。于是，我们开始赴大陆拍摄了好多部以民初为背景的戏剧：《婉君》《哑妻》《雪珂》《望夫崖》《青青河边草》……

　　去年，我和我的编剧林久愉，选中了我的三部中篇小说，决定制作成一系列的连续剧，取名为《梅花三弄》。

　　《梅花三弄》中的三个故事，分别取材于下：

（一）梅花烙——取自《白狐》一书中之《白狐》。

（二）鬼丈夫——取自《白狐》一书中之《禁门》。

（三）水云间——取自《六个梦》一书中之《生命的鞭》。

我和林久愉，开始重新整理，加入新的情节，新的人物，来丰富这三个故事。整整经过了一年的时间，才把三部剧本完成。因为每部戏剧多达二十集（二十小时），加入及改变的情节非常多，几乎只有原著的"影子"，而成为另一部新作。

《梅花烙》的时代背景，改为清朝。除了《白狐》这一个"是人是狐"的"谜"之外，其他情节，已和原来的"白狐"相差甚远。只有女主角，仍然用了"白吟霜"这个名字。当然，这个故事完全是杜撰的，千万别在历史中去找小说人物。

我一向对于中国人的"传统"非常感兴趣，曾把一部二十四大本的《中国笔记小说》从头看到尾。中国人相信鬼，相信神，相信报应，相信轮回，相信前世今生……最奇怪的是：中国人相信"狐狸"会修炼成"大仙"，有无穷的法力，且能幻化人形，报恩或报仇。对这种说法，我觉得非常稀奇。但是，在我童年时，长辈们仍然津津乐道"大仙"的种种故事，我听了无数无数，印象深刻。

《梅花烙》从烙梅花，换婴儿开始，到皓祯心碎神伤，带着吟霜去找寻前世的"狐缘"为止，整个故事充满了戏剧性。事实上，人生很平淡，有大部分的人，永远在重复地过着单调的岁月。我认为，小说或戏剧既然是为了给人排遣一段寂寥的时光，就应该写一些"不寻常的事"。《梅花烙》就是这样一个充满戏剧性的"传奇"。也只有发生在那个年代的中国，才有的"传奇"。《鬼丈夫》和《禁门》的基本架构，变化不大，是三个故事中，维持原小说韵味最多的一个。故事背景，改在民初，故事发生地点，移到了湖南的边城，带一些苗族及土家族的地方色彩。故事中，增加了"紫烟"这条线，增加了"老柯"这段情，增加了"面具"的安排，也增加了很多新的人物。对于"捧灵牌成亲"的痴情，和身为"鬼丈夫"的种种无奈，有比较细腻的描述，自然比原来的"中篇"有更大的可读性。

《鬼丈夫》的小说，因为我实在太忙，是由彭树群小姐根据电视剧本和《禁门》所改写的。

《水云间》的故事，是三个故事中，最具有浪漫色彩的一个。浪漫的一群艺术家，浪漫的西湖，浪漫的时代，和浪漫的爱情。这故事唯有在"一湖烟雨一湖风"的西湖发生，才有说服力。可惜我的笔，写不出西湖的美。幸好有电视镜头，能捕捉住西湖的美。《水云间》虽然是个浪漫的故事，却是三个故事中，写"人性"比较深入的一部。透过"梅若鸿"这样一个人物，来写"现实"与"理想"的距离。透过三个女人和他的纠缠，来写"不太神话"的"人"！

我写作的最大缺点，就是往往会"神化"我小说中的人物，也"夸张"了一些情节。我的朋友们常对我说：我小说中的爱情，世间根本没有。我听了，总会感到悲哀。《水云间》虽然是"不太神话"的，却也有它"神话"的地方。最起码，这书中的三位女性，芊芊、子璇、翠屏，都是近乎"神化"和"理想化"的！我深爱她们每一个！

《梅花三弄》带着浓厚的中国色彩。《梅花烙》写"狐"，《鬼丈夫》写"鬼"，《水云间》写"人"。事实上，"狐""鬼""人"皆为一体，人类的想象力无际无边。三个故事，与"梅花"都有关系。隐隐间，扣着"缘定三生"的"宿命观"。写"情"之外，也写"缘"。

我一直对于"小说"二字，有我的看法："小小地说一个故事。"所以，我"小小地说"，读者们不妨"随意地看"，别太认真了。希望它能带给你一些"小小的"感动，我就心满意足了。

琼瑶

1993 年夏

（京权）图字：01-2025-0195

图书在版编目（CIP）数据

梅花烙／琼瑶著 . -- 北京：作家出版社，2025.1.

（琼瑶作品大全集）. -- ISBN 978-7-5212-3236-3

Ⅰ. I247.5

中国国家版本馆 CIP 数据核字第 2025YY6236 号

梅花烙（琼瑶作品大全集）

作　　者：琼　瑶
责任编辑：苏红雨　杨新月
装帧设计：棱角视觉　纸方程·于文妍
责任印制：李大庆　金志宏
出版发行：作家出版社有限公司
社　　址：北京农展馆南里 10 号　　　邮　　编：100125
电话传真：86 - 10 - 65067186（发行中心）
　　　　　86 - 10 - 65004079（总编室）
E - mail: zuojia@zuojia. net. cn
http: // www.zuojiachubanshe.com
印　　刷：北京盛通印刷股份有限公司
成品尺寸：142 × 210
字　　数：113 千
印　　张：6.125
版　　次：2025 年 1 月第 1 版
印　　次：2025 年 1 月第 1 次印刷
ISBN 978 - 7 - 5212 - 3236 - 3
定　　价：2754.00 元（全 71 册）

品 琼 瑶 经 典

忆 匆 匆 那 年

琼瑶作品大全集